BBC DOCTOR WHO
The Stealer of Dreams
盗梦贼

（英）史蒂夫·莱昂斯 / 著

王金晶 / 译

新星出版社　NEW STAR PRESS

DOCTOR WHO: The Stealer Of Dreams by Steve Lyons
Copyright © 2005 Steve Lyons
First published as Doctor Who: The Stealer of Dreams by BBC Books, an imprint of Ebury, Ebury Publishing is part of the Penguin Random House group of companies.
Doctor Who is a BBC Wales production for BBC One. Executive producers: Russell T Davies, Julie Gardner and Mal Young. Producer: Phil Collinson. BBC, DOCTOR WHO and TARDIS (word marks, logos and devices) are trademarks of the British Broadcast Corporation and are used under licence.
This edition arranged with Ebury Publishing
through Big Apple Agency, Inc., Labuan, Malaysia.
Simplified Chinese edition copyright:
2018 Chengdu Eight Light Minutes Culture Communication Co., Ltd.
All rights reserved.
The Cover is produced by Woodland Books Ltd.
著作权合同登记图字：01-2018-4728

图书在版编目（CIP）数据

盗梦贼／（英）史蒂夫·莱昂斯著；王金晶译 .—北京：新星出版社，2018.8
ISBN 978-7-5133-3175-3

Ⅰ.①盗… Ⅱ.①史… ②王… Ⅲ.①科学幻想小说－英国－现代 Ⅳ.① I561.45
中国版本图书馆 CIP 数据核字 (2018)第 160091 号

盗梦贼

（英）史蒂夫·莱昂斯 著；王金晶 译

责任编辑： 汪　欣
特约编辑： 姚　雪　胡怡萱
责任印制： 李珊珊
装帧设计： 付　莉

出版发行： 新星出版社
出 版 人： 马汝军
社　　址： 北京市西城区车公庄大街丙 3 号楼100044
网　　址： www.newstarpress.com
电　　话： 010-88310888
传　　真： 010-65270449
法律顾问： 北京市岳成律师事务所

读者服务： 010-88310811　service@newstarpress.com
邮购地址： 北京市西城区车公庄大街丙 3 号楼100044

印　　刷： 北京利丰雅高长城印刷有限公司
开　　本： 910mm×1230mm　　1/32
印　　张： 7.5
字　　数： 100千字
版　　次： 2018年8月第一版　　2018年8月第一次印刷
书　　号： ISBN 978-7-5133-3175-3
定　　价： 34.00元

版权专用，侵权必究；如有质量问题，请与印刷厂联系更换。

献给周一夜间小组
——戴夫、约翰、皮特、菲尔与特蕾西——
感谢那些奇思妙想……

它又来了，她能听到自己床脚的动静。

她试着做个听话的乖孩子不去搭理它，闭紧双眼咬紧牙关，把注意力集中在自己的低哼，以及高楼下方远远传来的晚间车辆通行的嗡嗡声上，不去想房间里拖拽的脚步和爪子抓挠的声响。

这些努力起了点作用，但时间不长。那些声响带来的安慰给了她些许勇气——直到她用尽肺里的空气，不得不停下哼哼。

于是，她只能躺在黑暗中瑟瑟发抖，身体火烫内心冰凉，把脸死死埋进枕头，又用被单把自己紧紧裹住，好像这样就能把自己藏起来。

好像这样它就会走开。

姬米不想做坏孩子，可怪物确实是真的。它真的在那里，就是不愿意放过她。

"这孩子的想象力过于丰富了。"大白屋里的医生这么说过。

"你已经十五岁了，姬米。"她母亲曾一边抽泣，一边撕扯着自己蓬乱的头发说，"你不能继续沉迷在这个……这个幻想的世界里。这是很危险的,你难道不知道吗?你必须长大了,你为什么就不能……就不能跟其他孩子一样呢?你为什么就不能做个正常孩子呢?"

姬米讨厌看到母亲那样,所以长久以来,她从没告诉过母亲怪物的事情。

也从没告诉过她,两年前发生在学校的那场意外。那是姬米上学第一个星期里的事。老师从她桌上抓走了平板,看到打开的文档后吓得倒抽了一口气。姬米此前从未多想过,她不过是在神游天外的时候,随手涂鸦了几笔。

上初中的时候,从没有人关注过她的涂鸦,她不明白为什么,那些图画竟会突然之间让他们如此大惊小怪。全班同学的目光都烙印在她身上,有人震惊,有人讥诮,还有人仿佛对她的不知所措感同身受。

"也许你可以向我解释一下,"她的老师不无轻蔑地说道,"这张画跟早期太空先驱的维生需求有任何关系吗?或者说,它跟任何真实存在的事情有哪怕一星半点的关系吗?我可从来没在现实生活里见过如此奇形怪状的生物,你见过吗?在座的同学们有见过的吗?"

"病态思想的产物。"学校发给家人的邮件中这样写道。

大白屋里的人用电脑给姬米播放了各种不同的形状,问她那些都是什么,又全盘否定了她的回答。

最开始的时候她还力图反驳，也试着告诉他们怪物的事情。但她不喜欢他们给的药片的味道，于是后来她便学会了顺从他们的心意。她学会了说电脑里的形状就只是形状而已，怪物都不是真的。

在那之后怪物就成了她的秘密，直到今天。今天下午，突然提早回家的妈妈吓坏了她。

就跟当年的那个老师一样，妈妈抢走了她的平板，随后狠狠地砸到了地上。她哭个不停，抓着姬米来回晃动，差点把她的骨头摇散了。

姬米也哭个不停，没吃晚饭就被赶上了床，歇斯底里的威胁在她耳朵里回响——"你是不是还想回那个地方？是不是？！"

她迷迷糊糊睡着了一小会儿，又在黑暗中醒了过来——有个怪物在她的房间里。

哪怕并不愿意，高度紧张的神经也使她不由自主地竖起耳朵，搜寻怪物的动静。

什么声音都没有。这份沉寂本该令她如释重负，但如果怪物只是在假装呢？就跟她自己一样，一动不动，一语不发，好骗过对方。

她别无选择了，她必须去看看。迟疑着抬起头，她近乎无声地祈祷了一会儿，直到她想起医生们对于祈祷的看法。

她目不转睛地盯着房间里的阴影看了好一会儿，想努力看出些所以然来。它们在移动，在变换形状，但那只是街对面建筑物上信息屏的光影在变化，并从窗帘的空隙投射进来了，对吧？

然而，转瞬的亮光让她看见了它。怪物那肌肉虬结的暗色身体，正弓着背蹲伏在地上，一条干瘪的胳膊，软软地搭在她的椅子上。

还是说，那只是她在愤懑不平时，扔到一旁的衣服？

她瘫在床上动弹不得，嗓子发干，忍不住想大喊。但她知道一旦自己叫出声，妈妈就会进来打开灯，怪物就会消失不见，而妈妈会再一次对自己失望至极。

那如果她自己去开灯呢？如果她能逼自己踩过巨大的地毯，去触摸传感开关呢？

可万一她中途就被怪物从背后扑倒了呢？

那样的话，他们就会知道她一直以来都没有说谎了，可惜那时已经太迟了。

她现在是个大姑娘了，妈妈是这么说的。她已经成熟到可以用逻辑来处理这些事情了。如果怪物是真的，那它为什么没有一早就杀了自己呢？

医生们也问过她这个问题。她当时回答说，也许是因为每次面对怪物时，自己都竭尽所能地一动不动。医生们闻言面面相觑，纷纷摇头。

"我们只是在试着帮助你。你难道想这辈子都担惊受怕吗？"

医生们问她。

此时此刻，躺在黑暗中、被怪物吓得动弹不得的姬米，终于做出了决定，她一点都不想再继续害怕了。她会设法鼓起勇气的，她会站起来走到传感开关边上。她会打开灯并且转身看，看自己的床脚，是不是真的有个怪物。

然后她就会知道真相了，就会知道怪物到底是不是真的。

第一只脚刚踏上地板，她就仿佛听到了警告的嘶声。那怪物好像随着她的动作紧绷了起来，做好了随时扑上来的准备。于是，还没能迈出第二只脚时，她便又一次吓得全身僵硬了。

她听到了怪物的呼吸声，但那也可能只是她自己粗重的喘息在耳旁回响。她瞥见怪物的目光闪动，但那仍可能只是窗外信息屏的内容，在房间里那块屏幕上反了光。

随后她听到了一声咆哮。这一次，她忽然惊恐万状地确信，房间里真的有只怪物了。

姬米从床上一跃而起，堪堪躲过了扑上来的怪物。她能感觉到怪物擦过了她后背的睡裙，以及它猛地撞进床垫造成的冲击。它在她身后咆哮了起来，而她也尖叫着冲向开关，绝望地祈祷自己能及时开灯，祈祷着灯光能让怪物消失。

然而怪物还是扑了过来。它热烘烘的呼吸夹杂着唾沫，喷洒在她的脖子上。它的爪子陷进了她的肩膀和肋骨，粗壮的尾巴缠上她的双腿，绊住了她。姬米摔倒了，接着被怪物沉重的躯体压在身下，她哭嚎着踢蹬着，双手捏成拳头，无能为力地捶打着地毯。

她不知怎的挣脱了压在身上的怪物，设法翻过身来。有那么欢欣鼓舞的一瞬间，她以为自己可以逃出生天。

然而下一秒，怪物巨大的黑色身影又压了上来，爪子刺穿了她的肩膀。被钉到地板上的姬米，只能看到怪物黑洞洞的大嘴和里面的三排利齿。

还有它下唇上那一小撮蓝色的毛发。

就跟她的涂鸦如出一辙。

1

她就不该点薯条,这都是博士的错。他自己倒是早就习惯了在不同世界和时间线中来来回回,胡闹着玩儿。他应该给她点暗示,告诉她这个世界的薯条不是炸土豆条,而是炸别的不知什么玩意儿。也许是种本地蔬菜,质地太软颜色太蓝,吃起来油腻腻的,还会在嘴里留下一股辛辣的余味。

推开盘子的时候,她又感觉到了一阵熟悉的难过。有时就是这种微不足道的偶发细节,让她意识到自己离家到底有多远,让她意识到自己正呼吸着未来的空气,另一个世界的空气。

另一个世界……

罗丝还是觉得,这一切对她来说有些难以消化,就好像她的大脑无法同时处理这么多信息,就好像她一次只能专注于一件事情。哪怕这里看起来跟人类世界相差无几,如出一辙的……乏善可陈。拥挤的人行道上铺满了废弃的包装纸,马路堵得水泄不通,建筑……几乎无一例外,全是混凝土高楼,它们毫无个性,不过是把人装进去的大盒子罢了。就跟地球上的那些一样,罗丝心想,在她出生之前就建好的那些。太令人失望了。

这里就跟伦敦或者任何一座美国的大城市差不多。从他们桌旁那布满油迹的窗户向外望去,罗丝看到汽车排成一条长龙,在不远的路口前各自按捺着一触即发的愤懑不满。就算此时有辆红巴士突然从路口钻出来,她也不会太吃惊。

注意观察细节,她想。就拿菜单来说吧,它不比一张普通的卡纸厚,但是能够投射出自家特色菜肴真实的香味质谱图。还有汽车都是靠空气动力飘浮在路面上的,喷出的气流搅起了地上的沙砾。还有那些海报般平整的电视屏幕,似乎占据了每一寸可用的界面。

这就是罗丝对这个世界的第一印象:新闻播报员从每一栋建筑的外墙上低头看她,他们说的每一句话都被配上了字幕,使它们不至于淹没在永不停息的交通噪音中。咖啡厅里就有两块屏幕:一块在她身后,另一块在她前方。罗丝发现,自己很难把目光从杰克上校身后的那块屏幕上移开:

"第Ⅳ-Ⅳ卡帕零区的安东·赖兰六世先生,正在庆祝他努力得来的晋升。在为统计处理办事处工作了三十七个年头之后,赖兰先生成了高级分析专员,级别为蓝。对于自己的飞速晋升,赖兰先生说道:'这意味着我每天的税前收入增加了2.4个信用点,我的停车位也……'"

博士正兴致勃勃地对付着自己的食物,那乐在其中的模样,和他对付奥顿塑料人[1]、斯利森人[2]以及其他外星怪物时别无二致。不过,在狼吞虎咽的间隙他抬了抬眼,顺着罗丝的目光看了看屏幕,然后咧嘴笑了起来。"啊,我懂,"他说,"这些可不是什么'人咬狗'一类的大新闻,对吧?你还要吃那些炸薯条吗?"

"我对休息一段时间没什么意见。"杰克满不在乎地说道,咬了口自己的汉堡。罗丝完全不想知道,汉堡肉可能是什么外星生物做的。那些炸薯条已经让她展开很多可怕的联想了。

杰克认识博士的时间不如罗丝来得久,但这种生活方式对他来说并不新鲜。他宣称自己出生在五十一世纪,据他说,他这辈子都在太空中穿梭,甚至还经历过时空旅行。

当然啦,杰克的话从来就不可信。

"不过我也不想住在这儿,"他继续用慢吞吞的美国腔说道,"这里肯定是全宇宙最无聊的星球了。"

"呃,不好意思?"博士说道,"我不做'无聊'的事情,只要你认真去找,每个世界都会有些新奇有趣的东西。"

"哎,"罗丝调侃道,"我还以为只有在那些蹩脚的老电影

---

1. 即"活着的塑料",每个个体与整体意识相连的生命体,多表现为类似人体模型的塑料人,行动迟缓机械。最早出现于《神秘博士》老版第7季第1集《太空先锋队》。新版剧情中出现在第1季第1集《罗丝》。
2. 经营家族事业的臃肿外星人,最早出现于《神秘博士》新版第1季第4、5集,它们策划了一起飞船坠落事件,杀了不少人,并穿上死者的皮取而代之。其终极目的在于摧毁地球并将其贩卖。

里，未来世界的人们才会穿连体衣呢。"

"是啊，我觉得这就是他们一直盯着咱们的原因，"杰克说，"因为我们的打扮。"

博士皱起了眉头，"有吗？"

"有几个人，不太明显。估计觉得咱们都是些怪家伙。"

"挺久没人这么叫我了。"博士说道。

"嘿，也许咱们能趁机在这儿捞上一笔。你觉得呢，罗丝？咱们可以开这里的第一家时装店。你设计，我推销。"

"这是罗丝时间线上的未来，"博士提醒杰克，"我觉得她应该想不出什么东西，是这里的人们没在某个历史时期见过的。"

"所以这个修车工打扮算什么？"罗丝问道，"时尚潮流的表现吗？"

"比起这个我更操心时间，"博士说道，"现在正好是——"他照例玩起了假装看腕表的把戏（至少罗丝认为他是在假装），"2775年，但这里的科技还停留在二十七世纪，甚至更早。"他若有所思地嗅了嗅空气。

"这说明？"杰克问道。

"这通常说明有什么地方不对劲儿，"罗丝接过话茬，享受着这个炫耀自己见多识广的机会，"这说明某个人或者某个什么东西正在阻碍科技进步，对吗，博士？"

"也许吧。你不觉得奇怪吗？这些人逃离了地球，找到这个美丽新世界,却只把已经被他们抛诸身后的一切照搬过来?"他没给罗丝回答的时间,"你觉得这座城市已经存在多久了?久到连土壤都磨蚀殆尽,久到这里已经人满为患。但是这里的人们——他们中的任何一个都好——有对此做过什么吗?"

他说着说着嗓音就高了起来,仿佛在指责所有坐在附近的人。罗丝希望能够找回些对话的私密性,便凑上前去小声说道:"但是他们还在造房子,我们在来的路上看到建筑工人了。记得吗?他们用那种飞碟一样的玩意儿代替了脚手架。"

"他们是在停车场和广场上造个不停,"博士不屑地摆摆手,"还有,我怀疑这城里是不是连一根草也没剩下来。"

"说得没错。"杰克说道,"他们推倒摩天大楼,用更高的摩天大楼取而代之,不断加高建筑而不是扩展城市面积。塔迪斯说这个星球的丛林覆盖率是多少来着,博士?"

"超过陆地面积的百分之九十……但我们进来的时候,没在城市边缘看到任何施工的痕迹。"

"当年的移民们肯定在刚来时就清理出了一片区域。"

"但是从那以后,他们就再也没扩张过了。"罗丝反应过来,"他们只不过是……只不过是在努力把更多人塞进这块地方。"

"我觉得,我们现在应该想办法了解一下这个地方了。就从它的名字开始。"博士在椅子里扭了扭,看到了他背后正准备离开的中年女士。她刚刚用一张塑料卡在一台读卡器之类的玩意儿上刷了刷,正一边往外走,一边别扭地把卡片往屁股口袋里塞。

"你看上去像是一个可以给我们答疑解惑的人。"博士说道,"这个星球,它叫什么来着?"

罗丝闻言,颇为夸张地龇牙咧嘴一番,随即捂住了眼睛;而杰克只是咧嘴笑了起来。

那位女士被吓着了,"你们什么意思?是不是在给我下套?"她狐疑地扫视四周,似乎指望着能看到一台摄像机。

罗丝从自己的手指缝里,看到了咖啡馆的其他顾客那不敢苟同的表情和一个劲儿的摇头。

"这里是殖民星球4378976,德尔塔四号,"那位女士接着说道,"我不清楚它还有没有别的名字,也不知道你们在打些什么主意。祝好!"她从博士旁边快步冲了过去,头也没回地蹿上了大街。

"瞧见了吗?"博士得意扬扬地说道,"这就叫打草惊蛇,好极了!"他抓起一把罗丝的炸薯条,塞了满嘴,随后才注意到她正抬着眉毛盯着自己。他四下看看,嘀咕道:"就让他们看吧,我们可是这间屋子里最有趣的人了。"

"你是个疯子,你知道吗?"罗丝笑着说道。

"非常抱歉,打扰了,先生们和这位女士。但我必须请你们离开这里了。"

一个矮壮敦实的男人出现在博士身旁,他穿着白色的连体衣,而不是常见的灰色。他歪着脑袋,用鼻孔对着他们说道:"你们的打扮和行为非常,怎么说呢,令我的其他顾客感到困惑。"

"感到困惑?"博士注意到了他的用词。

罗丝不知自己是该生气还是觉得有趣,"我们可没打搅到任何人呀。"

"你的意思是,就因为打扮得跟其他人不太一样,我们就得被踢出去?"杰克问道。

"我说,朋友,你以为这里是萨伏依酒店[1]吗?"

"要是现在就走,"穿白衣服的男人轻蔑地说,"我也许就不计较你们先前在这儿大放厥词了。"

"行吧,"博士迅速说道,飞快地站了起来,"反正也到我们该走的时候了。你对这些薯条的看法是对的,罗丝,它们难吃极了。"

餐厅经理意味深长地清了清嗓子,"你们的饭钱,先生。"

博士把他皱巴巴的皮夹克上的那些口袋从头拍到尾,然后满脸愧疚地看着自己的两位朋友。与此同时,新闻播报员的声音,从咖啡店两侧的电视屏幕里,对他们展开了双面夹击:

"伊莲娜·芙兰根女士今晚是第Ⅰ贝塔区最幸运的人。通常

---

1. 英国伦敦一座五星级豪华酒店,位于西敏市河岸街,1889年8月开业,是英国第一家豪华酒店。它被称为"伦敦最有名的酒店",现在仍是伦敦最负盛名最豪华的酒店之一。

来说，这位三十一岁的学校教师每天下班之后，驾驶她开了七年的1.5g排量的马克14.B家用车回家，需要花费四十二分三十秒，但是今晚，她却只花了平时一半的时间就到家了。为什么呢？因为她一路遇上的全是绿灯。刚才我们问了芙兰根女士，她是如何度过这省下的时光的，她说自己把时间用来看电视了。"

他们去的每一家旅店的门厅里，都有着比咖啡馆更多的屏幕。当他们终于找到一家有空房的旅店时，"我们只剩下顶楼的一间了，"阴沉沉的前台嘟囔着说，"这位女士得跟你们挤一间。"这间房里也有一块屏幕，正对着空气播放画面。

罗丝重重倒在了房间里的单人床上，拿起遥控器开始换台——新闻节目、新闻节目、新闻节目……一档看起来像是电视剧的节目：半打二十来岁的人坐在沙发上打发时间，谈论着他们自己。"真人秀。"博士说道。

早些时候，在咖啡馆里，博士掏出自己的通灵纸片，在桌上的读卡器上刷了刷。当然啦，机器读不出那张纸，但是经理很轻易地就相信了博士的"信用卡"是真的，只不过有些皱巴巴而已。他把想象中的信息复制进了自己的平板，然后就看着这群不受欢迎的客人离开了。

那张纸在旅店前台发挥了同样的作用。罗丝指出这种行为实际上是在偷鸡摸狗，但博士只是耸了耸肩，说道："他们起码得这么感谢一下我吧，毕竟我可是要拯救这个世界的，大概。"

前台满脸阴郁地拿出三台白色的小平板,装进一根管子里拍在他们面前。"用来防止你们做梦。"他回答了他们的疑问。博士想要拒绝,但前台只是咕哝着说:"拿不拿是你们的事,但我得提供它们。"

房间很小,地毯已经磨损了,墙纸也都开始剥落。和其他六间房共用的浴室,位于走廊尽头的某个地方。罗丝其实宁愿睡在塔迪斯里,但是他们都不乐意再一次跋山涉水,穿过丛林回到塔迪斯那里,更别说摸黑回去了。无处不在的电视屏幕投射出的光线欺骗了他们的生物钟,他们之前并没有意识到黑夜的来临。

"可谁在加害它呢?"杰克问道,"你说我们要拯救这个世界,是说从谁的手中呢?"

"它的人民。"博士回答道,"你闻不到吗?矿物燃料,他们在烧矿物燃料。并不是大量使用,还没到那种程度——但是如果这个社会正在倒退,就如它所表现出的那样……"

"矿物燃料?"杰克重复道,"你逗我玩儿呢?"

"在这一点上我不会。这种做法不合理,不对劲儿。当你们种族掌握了太空旅行的时候,就应该以成熟的科技和深谋远虑,避免重蹈覆辙。你们无权再去摧毁另一个世界!"

他们陷入了一阵漫长、尴尬的沉默。为了找些事做,罗丝又过了一遍电视频道,零星的信息充斥了房间:一个男人的车在车库里熄火了,害他上班迟到了十分钟;一名青少年在街上捡到了一张面值一个小信用点的钞票,并交给了警察;一位女士控告她的邻居播放未经审批的音乐,但被控告的女孩却以更严厉的指控来回击——原告这是在无中生有,现在她们都在接受医疗观察。

"这地方是怎么回事?"杰克说道,"就好像他们痴迷于事无巨细地了解其他人的生活。"

"好奇之心人皆有之,"博士嘟哝着,"我对电视上看不到的部分比较好奇。"

"电视上全是新闻和纪录片,"罗丝说道,"他们差不多有三十个电视频道,按理说我也该找到个肥皂剧之类的了。"

"情景喜剧,"博士说道,"或者警匪片,或者那种你们似乎都病态迷恋着的医疗剧。"

"不,等等。"一个新画面出现了:一群穿着制服的男女出现在一个空旷的未来主义布景里。虽然并不完全清楚为什么,但罗丝可以确定那是个布景。也许是因为它的布局或者光线,也有可能是因为摄影机的角度,又或者是因为那些穿着制服的家伙,说话像念台词一样字正腔圆、自信满满。

电视里响起了高音警报,画面切换到从一扇拱形大门望出去的一片星空。两艘宇宙飞船映入视野。它们都是土棕色的,外形简洁,虽然罗丝觉得,它们看上去实在太平板了,不够生动。

"看来他们还是有科幻片。"她下了结论。

"不过是重演历史而已。"博士说道。

罗丝狠狠瞪了杰克一眼,成功抹掉了他脸上幸灾乐祸的笑容。

电视里,穿着制服的人们开始同棕色飞行器上的人展开贸易谈判,警报声也已经停下了。真无聊,罗丝想。

"你们也发现了规律,对不对?"博士拿过遥控器,又一次快速按过了所有频道。他蹲伏在电视机前,就好像它是他见过的最有趣的东西。"新闻、纪录片、新闻、新闻、时尚美妆节目、新闻……全部都是纪实性的节目。没有逃避现实的消遣,没有想象力,没有故事。"

"没有谎言。"杰克意识到。

"没有幻想。"

罗丝睡不着觉。

不是因为这陌生的环境,她现在已经习惯随遇而安了。而且两位男士还把床让了出来——在她否决了杰克最开始提出的大家挤在一起睡的建议之后。

杰克不怎么舒服地缩在又旧又瘪的沙发上打着呼,博士则坐在窗边的一把椅子上,陷入深思。

他仿佛已经在那儿纹丝不动地坐了好久。时不时地,罗丝会看看他:下巴搁在手臂上,手臂枕在椅背上。窗户正对着一块屏幕,投进来的光在博士严肃的脸上变幻莫测。她不止一次地以为博士已经打起了盹儿,直到她瞥见他眼里闪过警醒的光芒。

楼下的交通仍然繁忙，引擎的轰鸣夹杂着间或炸响的恼怒的鸣笛声，隔着六十层楼的距离，听起来有些亦真亦幻。

博士的话在她脑中不断回响……

"好吧，"罗丝耸耸肩膀说道，"所以他们不喜欢幻想，这重要吗？"

"当然了，当然重要。幻想事关可能性，事关希望、梦想，还有……没错，还有恐惧。把这些都拿掉之后，还剩下些什么呢？剩下的不过是一群苦工，只知道工作、吃饭、睡觉、看电视，却无法想象任何超出他们无趣人生边界的事物。"

他看起来就像是自己遭到了冒犯一般。

"难怪这个世界已经停滞不前了，"他怒吼道，"如果无法构想出更宏大、更美好的事物，那兴建又从何谈起呢？"

"所以我们怎么办？"杰克调侃道，"推翻政府，然后给民众讲故事吗？"

"为什么不呢？这个世界——这个人类的世界——从来没有体验过查尔斯·狄更斯的作品，你觉得这对他们来说公平吗？"

"他对狄更斯有些痴迷[1]。"罗丝在边上悄悄告诉杰克……

---

1. 博士对狄更斯的热爱，可见于新版剧集第1季第3集《死不安息》。本集中，博士见到了狄更斯本人，在两人同乘马车时，博士说自己是狄更斯的头号粉丝，并且对后者赞不绝口。

房间外的某处响起了警报,音调起伏。一道蓝色的光束在窗前闪烁,盖过了外面荧屏上的色彩。如果她努力集中注意力的话,就能分辨出那些压过了交通噪音的叫喊声。

罗丝忽然惊醒,意识到自己刚刚是睡着了。她转过身去看博士之前所在的位置,却发现椅子上空空如也。

门外的走廊上有脚步声。

有人在跑。

2

整个行动一片混乱。第一辆到达现场的警车被一整个新闻摄制组尾随了，灯光师录音师一个不落。幻想狂徒们安排了人放哨……也可能他们只是一直密切关注着新闻八台的直播。他们被困在了一栋废弃大楼的地下室里，只有一个出入口。没有人提到他们也许备好了逃跑路线。

比如通过墙上的一个洞，或者一条通往下水道的隧道。这样他们就能在整个片区里从洞里钻进钻出，逃窜如鼠。

有那么一会儿，沃勒警督被这个比喻迷住了。她在脑海中描绘出了这些亡命狂徒的模样，他们留着络腮胡，双眼因足不出户、偷摸过活而死气沉沉，他们对现实唯恐避之不及。然后她感到脑子里传来一阵熟悉的刺痒，便在一阵令人恼怒的不寒而栗中，抛弃了这个想法。

她已经在34街和11438街拐角的信息屏上，看到了这场逃匿事件，在视讯信号亮起来的时候，她已经在半路上了。那是斯蒂尔从总部打来的，给出了她预料之中的指示。她已经打起了蓝灯，但是夜间的交通实在是过于拥挤，路上的车辆无法靠边给她让出道来。幸运的是，她的警用摩托非常小巧，足以使她在车流中穿梭自如——当实在无路可走时，只要稍微踩一脚涡轮增压器，空气喷射器就能让她越过障碍。

她刚飞过一处障碍，正因肾上腺素激增和那份紧张刺激而呼喊出声，旋即就在车灯的照射下发现了他们。他们一共四人，在片刻受惊之后立马恢复了冷静，开始分头逃跑，蹿入了小路之中。两辆警车紧追不舍，选定了各自的目标后，便飞速追了上去。

沃勒猛地刹车掉头，发现了离她最近的那个狂徒的身影。

在一个拐角她跟丢了一阵，但转过弯来，便及时看到他的背影消失在了一栋居民楼里。她笑了起来，把车骑过去，打开了悬停模式。她把视讯机从仪表盘上抓下来，卡进了腕带插槽里，然后一边跑向目标建筑门口，一边汇报现场情况和最后见到第四名逃犯的位置。

附近一块屏幕正在播放新闻八台。现场直播已经被暂停了，多半是为了避免现场情况带来太多刺激。取代直播画面的是一位警方发言人，正在发表标准的免责声明。在他开口之前，字幕就已经先打出来了：

很显然，这是一场难以预测的突发事件。但我恳请公众小心行事，不要卷入毫无依据的猜想之中。我们将会在掌握情况之后，尽快以适当的选编形式公开此次事件的客观真相。

她正准备掏出自己的跨权限卡片,却发现目标建筑的电子门锁已经坏了。所以那个狂徒不一定住在这里——这就又多了一个她绝不能跟丢的理由。沃勒挤进了门厅,查看了门扇大开、空无一物的电梯后,便走向了楼梯。

他在一截半楼梯之上,从栏杆上方探出头来看到了她,那长了雀斑的脸霎时变得惨白。她掏出枪来对他喊话,让他投降。他继续逃跑了。看来这一个已经彻底没救了,换作任何一个头脑清醒的人,都会接受自己已无处可逃的冰冷现实。

沃勒控制着自己行动的步速,让织入制服的微型动力机助她一臂之力。她本可以让它运行更大的功率,不过沃勒并不打算缩短追逐的时间。这可是她最享受的部分,再说她也不介意耐心一些。

被追捕的那名狂徒已经上气不接下气,他喘息着,从嗓子眼儿里发出哀鸣。每爬一段楼梯,沃勒和他之间的距离就会缩短一些。

意识到这点后,他改变策略撞进了一扇双向门,又一次暂时从沃勒的视线之中消失了。

她跟着他进入了一个由走廊和房门构成的迷宫,弯了弯手指,调高了头盔中声音接收器的敏感度。她能听到他的脚步声,离她那么近,好像就在她的脑袋里。一声尖锐的门响后,惊恐和抗议的声音随之而来,给她指出了猎物的方向。

他闯进了一间公寓,一对年老的夫妻正惊怒不已地相拥坐在床上。

"警察!"沃勒冲着他们喊道,"不用担心,这是实实在在的真事。"

她只用四步便穿过了房间,那个狂徒已经把一只脚悬到窗外,正在试探消防逃生笼的位置。沃勒一把抓住他的连体衣,把呜咽着的人从窗台上拽下来,这动作使她制服里的微型动力机发出了哀鸣。她把他摁在桌上,然而他的重量却压塌了桌子。她又拽他起来,用夸张的力气将他压在了墙上。不过,就像斯蒂尔常说的,只有这样才能把他这类人敲醒。

沃勒把他的双手反剪,用速干喷雾手铐固定起来。"名字。"她命令道,并且因胜利的喜悦而笑容满面。

"阿拉多·德拉贡哈特,北境之国埃特罗利亚的圣骑士——我绝不会将公主出卖给兽人族,你这邪恶的……"

她把他的脸摁在墙上,"清醒一点,伙计!"

"求……求求你了,别伤害我们。"

沃勒转过身来,看到那对夫妻正瞪大眼睛盯着她。更准确地说,是盯着她头盔面罩上他俩自己的倒影。他们浑身颤抖,就跟害怕那个幻想狂徒一样害怕她。那个男人正在努力安抚自己的妻子,但她还是眼泪汪汪地嘟囔着:"我们没多少信用点,但……但是都可以给你。你可以都拿去,就是不……不要……我们还有个孙子,他才两……两岁。"

沃勒的好心情瞬间消失殆尽,心中漫起一股怒意。她把那个狂徒推到一边,愤怒地靠近那对夫妻。"你们没听到我说的话吗?"她厉声说道,"你们是不是没听到?我说了没有什么好担心的,你们的意思是我在撒谎咯?你们这是在指控一位警官正在散布幻想吗?"

那个男人绝望地摇着头,不发一语;而那个女人却不知道闭嘴:"当……当然不是了。只是……我们明白,我们明白规矩。你只需要开口要价,我们什么东西都可以给你。就是……我们可能需要些时间来筹……筹款,但是我们会付钱的,我们会的。"

沃勒眯起了眼睛,"你们明白什么?你们看到过什么?"

"什……什么都没有,我发誓。"

"那你们是怎么知道的?是什么让你们瞎想?"她的手指在枪托上扭了一下,那个男人终于找回了自己的声音。

"求您了,我的妻子是个好人。她不会胡思乱想,她只是糊涂了,就是这样。告诉她,爱丽莎,告诉她呀。"

"我……求您了,我不会……"女人抽泣着,"你不能指控我说……我……我们看到它了。我知道这不对,我知道我们不应该看,但它是真的。我绝不会……是他告诉我们的。"

"谁告诉你的,女士?"沃勒低吼道。她心里知道答案,不过她需要亲耳听到它,需要坐实真相。

"那……那个电视上的人。格莱登先生,哈尔·格莱登。"

她把三个犯人捆在暖气管道上,坐电梯下了楼。她已经安排了一辆囚车,但它可能得过一个小时才到——在一个交通如此繁忙的晚上,说不定会花上更久——她没时间等了。无论如何,反正他们哪儿也去不了——他们可没有手铐溶解喷雾和正确的密码。

沃勒出了大门踏上人行道,然后下巴都给惊掉了——

一个男人趴在她的摩托上,显然正在摆弄控制器。

她眨眨眼,觉得自己一定是迷糊了。她闭眼用上了自己曾被教授的技巧。深呼吸,把注意力集中在她能听到、尝到、闻到、感觉到的东西上,集中在真实的东西上。当她再一次睁眼时,他还在那里,穿着非常规的衣服。虽然并没有法律不允许他这么干,但这也确实说明他可能是个危险分子。

他已经看到了她,并满怀期待地对上了她的目光,另一只手仍然流连于车手把和前挡之间。沃勒摸向了自己的配枪。

"好了,伙计,离开我的车。我说了,离开我的车!"

他照做了,举起了自己的双手,但脸上还带着大大的微笑。

"没救了。"她想。

"你知道窃取警方财产的刑罚是什么吗?"

"我可不是在偷窃,"他反驳道,"不过,也没关系。我是政府人员，一个调查员。"他从口袋里拿出了一个卡包。

她走过去，直到和他隔着机车面对面的时候才停下来，枪口几乎就要贴上他的胸膛了。"好吧，够了。把手保持在我的视线范围内，我要带你去看医生了。"

"我正是博士[1]。"他说。

沃勒绕过机车向他靠近。目前为止她还没有理由向他开枪，但是他随时都有可能暴露本性。"你正在经历幻觉发作，"她缓慢而又清晰地解释道，"但你可以相信我。除了我的声音不要想任何事情，我是沃勒警督，我将为了你的自身安全而拘留你。"

他也在兜圈子，始终和她隔着一辆机车，"啊，是哪里露馅了？"

"这里没有政府。殖民星球4378976德尔塔四号，已经有三个世代没有政府了。"

"你以为我是这么说的？"

"你说你是个探员。"

"不，你说你是个探员。我是个研究人员，是……哎，好好看看卡片吧。"

"我知道自己听到的是什么。"

"就在刚才，你还认为我是在偷你的机车呢。可我并没有。"

---

[1] 英语中，doctor一词既有"医生"的意思，也有"博士"的意思。

"那是基于过往经验和当前迹象的对未来事件的合理推断。"

"行吧,那么这就是你的错了。如果你认识我——"

"'如果'可是个危险的词,这位'神秘的不知名'博士。"

"我告诉你我是谁了,看看卡片。"

沃勒看了看卡片,最初的一瞬间她以为卡面上是空白一片。然后词句和亲笔手书便逐渐浮现出来。这时,她又感受到了大脑中的刺痒,仿佛是一个警告。她强迫自己放空了思维,不带任何先入之见地看着这个陌生人,只集中在她能确定的关于他的信息上。集中在她能证明的信息上。

他跟她差不多大,也许年长一些。剃短的黑发,招风耳大鼻子,还有看上去就喜欢追根究底的眉毛,蓝色的大眼睛里含着一丝戏谑的神采。他还是个研究员,新闻八台的。

"你带摄像机了吗?"她问道,抬头在天空中寻找那些通常伴随在他这种人左右的浮球。

"稍后才到,"他说,"眼下我只是问些问题,找找感觉。"

"是在拍纪录片吗?"

"当然啦,'街上的思想罪''幻想之本真'一类的主题。我想知道沃勒警督每天的经历,要做些什么才能阻止噩梦蔓延。不如我们都忘了刚才那一通小误会如何?我们都有迷糊的时候,没关系的。"

他已经跳上了警车的后座,任沃勒独自慌乱又窘迫地站着。

"好吧,"她严厉地说道,想要挽回自己的威严,"这趟轮班你可以跟着我,我也会回答你的问题。只要别碍着我的事就行了。"

"好的,船长。"陌生人无比热情地回答道。沃勒就这么愣住了,一只手握着手把,一只脚还悬在空中。他有些心虚地补充道:"我是说,警督。刚刚记忆出了点小错,不是我在瞎想。"

她狐疑地打量对方:他的衣服仍然是个疑点,尤其是那件夹克,是用某种兽皮裁剪出来的。但话说回来,搞媒体的大都有些古怪,在她看来,全都离大白屋只有一步之遥。

在储物箱里翻找一通后,她搜出了一只多余的头盔,从肩头扔给了他。然后,她也没确认他是否戴好了头盔,便发动空气喷射器,一脚把油门踩到了底。

她把视讯机重新插入仪表盘,接入警车的系统。它圆形的屏幕又一次亮起,上面出现了斯蒂尔刚毅的脸。他有银灰的头发、方正的下巴和坚毅的灰眼睛。

"又是他,沃勒。他又在广播了。"

"有定位了吗?"

"还在进行三角测量。这次我们走运了。我派人扫描了所有的频段,这次他刚一开始就被我们发现了——而且,看起来它来自你的辖区。"

"我不会让你失望的,斯蒂尔。"

"我知道,你是我最好的警员。"斯蒂尔看了眼屏幕之外的什么东西,表情收敛为一个审慎的微笑,"我们找到他了,我正在把资讯传给你。祝好运,沃勒。斯蒂尔下线。"

屏幕变成了绿色,一连串沃勒不明其义的黄色编程符闪过。随后,一个闪烁不止的巨大黑色箭头取代了它,直指向前。就是它了。

她因满怀期待而一阵战栗,但这项任务同时也非常危险。她母亲曾给她的最好忠告便是:即使最有可能发生的事情,在发生之前,也仅仅是一种可能。

"你对这份工作真是乐在其中,是不是?"

她几乎都忘了,车上还有个乘客。他的声音透过头盔的内部无线电传来,字句清晰可辨,丝毫没有受到交通喧嚣和急速风鸣的影响。"当然。"她回答道,"这是世界上最好的工作,我是在防止人们自毁前程。"

"没错,但这并不是你做这份工作的理由,是不是?你是为了这套制服、徽章,还有配枪,是为了能让你高人一等的力量。"

若非她正聚精会神地追随着箭头的指引,那博士当场就会被她扔下车。箭头猛地转向右方,她一扭手把,机车腾空越过了四排车辆,还在交通灯前造成了一场小型事故,"无可奉告。"她硬邦邦地答道。

"这可不错,"他说,"我可以把它放进节目里。有些人这种时候会扯个无关痛痒的谎,但是你……"

"没有什么无关痛痒的谎,"沃勒低吼道,"谎言就是谎言。"

"听上去有点不近人情呀。"

"我是个警督……"沃勒嗫嚅着陌生人的名字,她一定在卡片上看到过,但就是想不起来,"呃,博士。每天我都会目睹幻想造成的破坏、痛苦和毁灭。哦没错,幻想最开始总是无害的。你会听到年轻人的描述,说它如何给了他们片刻欢愉,让他们暂时忘却了一切烦恼。但是它的影响,绝不会止步于此。你知道在那栋居民楼门口遇见你之前,我在干什么吗?我在追捕一个幻想狂秘密小组,他们每周都会在一间地下室里聚会,然后——听好了啊——他们就互换所谓的漫画书!"

"太可怕了!"博士附和道,"但是,我这么问纯属职责所在,希望你理解,但是这实际上能造成什么破坏呢?"

"你肯定见过他们:幻想狂徒,反社会者。他们无法融入现实,所以只好深深地退缩进痴心妄想里。他们的行为会变得难以预测、不合逻辑。他们会看到不存在的事物,对想象中的威胁做出反应。他们会给自己和其他人带来危险。所以最好是防患于未然。姑息一个谎言的话,博士,姑息任何谎言,都是在为疯狂打开大门。"

"怪不得这里没有政治家呢,"博士说道,"我打赌他们一定是第一批走投无路的。"

"当我们不再需要它的时候,政府就解散了,"沃勒说道,"我们的法律已经完善了。"

"那它当然也不会再改变咯?"

"当然不会,你有什么言外之意吗?"

"完全没有。不过有些立场,无论陈述多少遍都不会嫌多。你就表现得非常不错,我觉得你真是前途无量。"

这赞扬让沃勒笑了起来,她同时也注意到,视讯机上的箭头变成了纯红色——她离目标只有两个街区了。"你需要给节目找素材?那就跟紧我,朋友。你马上就要见证这个世界有史以来规模最大的幻想罪搜捕行动了。"她急切地倾身向前压上机车手把,手套里的手掌汗津津的。

"最后一个问题,"博士说道,"这个世界的名字是什么?我不是说那个殖民星球890还是多少的编号,我是说它的名字。它一定曾经有过一个名字。"

沃勒必须承认,博士虽然会令她分心,但这也不全然是坏事——至少事后回想起来如此。他让她得以专注于当下。不过,现在她必须集中精神完成手头的任务。格莱登已经触手可及了,她仿佛已经尝到了胜利的滋味。

"我不知道,"她简短地回答道,"也不想知道。"

但博士不愿放弃,"你一定曾经听过它的名字,至少也听过谣传的名字,无论什么。"

"这个世界最初的名字已经被遗弃了,"她冷硬地说道,"在人们发现它会带来问题之后。"

"什么问题?它不过只是一两个词语而已。"

"但是词语会带来联想,博士。名字具有内涵,隐藏在表面之下。有些时候它们只差一步,就会堕落为……"

"幻想?"

她用一句发自肺腑的咒骂盖过了这个问题,把车开上人行道后狠狠踩下刹车,多亏了重力缓冲垫,她才能牢牢稳坐在驾驶座上。她怒视着视讯机,仿佛觉得自己能吓得它改变主意。但可怕的消息仍旧留在屏幕上,字母全部大写:"**信号丢失**。"

"出问题了吗?"博士问道。

"我差点就抓住他了!"沃勒咆哮道。

"抓到谁?"

"你听到斯蒂尔的话了。他又在广播了,就在这附近。我们一定就在他的正上方,但是……"

她绝望地四下张望,发现自己连这区区一条街上的窗户都数不过来。这里有成百上千间房。不出一会儿就会有大批警员来到这片区域,但还是远远不够。而且等他们来就太晚了,他们总是太晚了。

"我还是不明白你说的是谁。"

"当然是格莱登了,我说的是哈尔·格莱登,世界上最危险的人。"

"好极了!但是为什么呢?"

交通的喧嚣中传来了一阵新的声响,鸣叫不已——是警报声。沃勒又一次调高了声音接收器,定位出警报的位置。就在半个街区外的街角处。她重新发动摩托,骑上了马路。

"你会知道的。"她坚定地说。

3

门上有个猫眼。透过它，罗丝能看到一小段扭曲了的旅店的走廊，目之所及并无人影。她又把耳朵贴到门上，什么声音也没有。

脚步声已经在几分钟前停下了，但是她并没有听到有人离开的声音。

这跟她一点关系都没有。很有可能什么事都没有。

但是，博士去哪儿了呢？

外面也已经安静下来了，罗丝回头看着睡得正熟的杰克上校。需不需要叫醒他呢？如果压根儿什么事都没有，她就会显得像个傻子。说不定只是有人喝醉了，回来得晚了些；或是谁在四处寻找制冰机呢。

但是，如果是博士的话，他会出去看看的。他还会有所发现。

她下定决心，打开了门。

走廊确实空无一人。壮起胆子后，罗丝踏出了房门。黑漆漆的走廊悄然无声，门在她身后咔嚓一下关上，吓了她一跳。这倒也没关系,她只要碰一碰,门就会开:他们都在前台扫描了指纹。

走廊上并没有可以藏身的地方,只有一排排房门。她一定是胡思乱想了,也可能是她没听见房门开关的声响。看来,那不过是其他住户闹出的动静罢了。

她笑了起来,放松了自己不知何时紧绷起来的神经。罗丝仍然希望自己知道博士身在何处,她讨厌他扔下自己单独行动。不过他也可能只是睡不着觉……他到底睡不睡觉来着?如果出了什么大事的话,他会告诉他们的。

转身的一瞬间,罗丝听到了什么。她立马转了回去,屏住呼吸,感觉自己脖子上的血管正突突跳动。

一声闷响,一阵木头彼此碰撞的咔嚓声,一丝短促的擦刮声……然后声响戛然而止,一切回归寂静。

对面的墙上有扇门,就在走廊的那头。她小心翼翼地快步走过去,读了读门上的标牌。原来那不是个房间,她之前没意识到这点,那是清洁工的工具间。

她这会儿倒是希望,自己手里拿着个笤帚什么的,还能给自己增加点儿安全感。

无论里面是谁,她心想,就算她害怕他们,但他们很可能更怕她。是这个理,对吧?怪物才不会躲在工具间里呢。

不,她收回那句话。在有博士的世界里,它们没准儿还真会那么干。

"我知道你在里面。"她说道,想使自己听起来勇敢无畏。杰克离她很近,一喊就能赶来;楼梯也在不远处,而她跑得可快了。

罗丝做了个深呼吸,拉开门的同时向后跳去。

门里边是个瘦骨嶙峋的小伙子,有沙金色的头发,刘海蓬软,年纪跟她相当。他蜷缩在拖把和水桶(令人吃惊的低科技工具)的包围中。那么,就是没有怪物了。罗丝呼出憋了许久的气,咧嘴笑了起来。那小伙子见状也放松下来,脸上的恐惧变成了迷惑。

"我只是在……呃……"他扫视着狭小的工具间,眼睛眨得飞快,一只手含糊地比画着周围。

"不,你才没有。"她爽朗地说。

"不,呃……我没有。"

他满脸愧疚地低下头,好像这时才想起自己手里还拿着东西。那是一沓纸,他想要把它藏在身后,但手肘碰上了一根拖把,整沓纸都掉在了地上。他立马跪了下去,开始捡拾散落一地的纸张。当罗丝试着帮忙的时候,他立刻成了惊弓之鸟,虽然想要说些"我能行"一类的话,但却卡在了喉咙里。

她抓起一叠纸,最上面的那张全是图画——这是连环漫画,她意识到。在相连的六格里,一位极其丰满的年轻女子正在某个中世纪城堡里逃命,追逐她的那群衣衫褴褛的怪物,在她的锯齿形对话框里被叫作"食脑僵尸!"。她终究还是在城堡的刑房被追上了。她缩进了角落里,双手圈住丰润的红唇作为喇叭,高喊着一个男人的名字,让他来营救自己。

"你不会告密的,对吧?"瘦骨嶙峋的小伙子恳求道。

"跟谁?告什么密?"

"警察,他们在追我。因为……你知道的,幻想。他们突袭了我的阅读小组。"

"阅读小组?"罗丝看了看手中其他几张纸,还有几页是漫画,剩下的则填满了工整的文字。"你是说那些兴师动众的喧哗,就为了这个?那些警报,还有其他大张旗鼓的架势,就是因为你们……在做什么?就因为你们在读书?"她记起了博士的话,"幻想!"

"不是听起来的这回事。"

"我不在乎,我可不觉得读书有什么错。"

小伙子泪汪汪的眼里浮现出一丝绝处逢生的希望,"你……你的意思是……你自己不读书吗?"

"我不……"罗丝刚开口就打住了,她不想显得像个傻瓜一样,"我是说,杂志之类的我也看的。"

"哦。"他看起来有些失望,"你是说非虚构类的。"

"我小时候妈妈可没在家里放多少书,但我在学校里会看书,有些时候会。我是罗丝。"

他盯着她，嘴无声地一开一合。在罗丝的提醒下，他才开始介绍自己："多米尼克，多米尼克·艾伦。"

罗丝把纸张还给他，"你从哪儿弄来这些东西的？"她问道。

"我们……"他犹豫了很长一段时间，仿佛不确定是不是能相信她，"我们写了这些，我们自己写故事，然后互相传阅。曾经，我是说我们曾经这么做。能有读者，能够和人分享我的……我的思想，这感觉太好了，哪怕只是跟为数不多的几个人分享。但现在全完了。"他脸上浮现出悲伤的表情，"娜特被一辆警车截住了，我看到了。她这会儿应该已经被送去大白屋了。还有其他人……我得联系大家，看他们是不是也……我不知道自己是怎么逃出来的。我只是不停地跑啊跑。洛奇总是及时为我们更新最佳藏身处的消息，那些不用密码就能进去的大楼。比如这栋楼，这间旅店就很好。你能在不被前台看到的情况下溜进电梯。我尽力上到了顶层，然后就不知道该怎么办了。"罗丝张嘴打算说些什么，但多米尼克打断了她："嘘！你听见了吗？"

他们听了一会儿，然后罗丝摇了摇头，"什么都听不到呀。"她无声地用唇语说道。

"我觉得我听到脚步声了。"多米尼克小声说，罗丝这才发现他正发着抖。"在楼梯上，听呀！像是警察，正在悄悄接近我们。他们努力保持安静，但我能听到他们。还有……还有外面，有那些沙沙声。你肯定也听见了吧。告诉我你也听到沙沙声了。"罗丝又一次摇了摇头。"他们正从外墙爬上来,用了抓钩,很有可能是勾着消防逃生笼一路上来的。他们正在包围我们!"

走廊尽头有一扇小小的、脏兮兮的窗户。罗丝正想向它走去,但多米尼克跳出来挡住了她。

"你这是在发什么幻想疯?他们会看见你的!他们会看见你,然后他们就知道你跟我说过话,然后他们就会把你也送去大白屋!"

她犹豫了,又仔细听了听周围的动静。还是什么声音都没有,她很确定多米尼克是幻听了。往窗外看一眼就能证明这点,也能平息他的恐惧。

但如果他说对了呢?

"好吧,"她果断地说道,"那你需要藏到一个比工具间更好的地方。跟我来,不接受反对意见。"

她抓住多米尼克的胳膊,把他拖进了房间里。

杰克揉着困倦的双眼,穿着短裤坐在沙发上,大腿上搭着被单。多米尼克跪在电视前:他刚撬开了电视屏幕旁边墙上的一块嵌板,正在调试频道。整间屋子都充斥着白噪音以及来自静电干扰的惨淡光芒。

"我会让你们看到的,"多米尼克嘟囔道,似乎在自言自语,"如果他在直播,我就能找到他,等着瞧吧。"

罗丝把多米尼克的纸页——他的那些故事——在床上摊开,"哪个是你的?"

"漫画。"他心不在焉地回答道,头都没回。

"僵尸的这个吗?它……呃,挺好的。画得很棒。但你知道女人其实不长这样对吧?而且如果我们真的长成这样,就不会穿成那样。"

"是风格问题。他们过去在文学作品中就是这么描绘女性的。"

"那我猜,下一页她就该被僵尸撕掉衣服,随后被一个猛男英雄救美,最后投入他的怀抱。"

多米尼克停下了手里的活计,回头盯着罗丝看,"你研究过经典著作?"

"你们现在还能搞到,呃,经典著作?它们没有全被烧掉之类的?"

"如果你知道上哪儿找,知道该访问以太网的哪些网址,就行。所有的数据都被清除了,但人们设法修复了一些碎片:旧书的残章,一些电影和电视节目的片段。"多米尼克又回头捣鼓起了电视机,接着说道,"上周发生了一件大事,有人找到了一个完整的剧本。我们不太确定,但专家说它很有可能是莎士比亚的作品。怎么说呢,这家伙写的老电影全是最棒的。我们找到的那本，讲的是一个小男孩去一所巫师学校上学的故事。"

"你到底在做什么？"杰克插嘴道。

"我在找'静电噪音'。"注意到杰克挑起的眉毛，多米尼克又解释道，"不是字面意思，是个叫'静电噪音'的电视台——一个非法电台——由一个名叫哈尔·格莱登的家伙经营。我刚刚还在跟罗丝说这个，它在不同的频段播放，每天播放的时间也不同。不然警察就会找到它，对吧，还会把它给查封了。因为它会引发人的思考，而这是警察们最不愿看到的。你们居然都没听过这个台，这简直难以想象。每个人都在谈论它。"

"我们之前在城外。"杰克说。

多米尼克奇怪地看着他，"这里没有'城外'。"

罗丝觉得自己最好告诉杰克他错过的消息。"博士说对了，"她说道，"幻想在这里是违法的。你甚至不能说谎，不然就会被送去一个……一个……那地方叫什么来着？"

"认知分离患者之家，"多米尼克补充道，"我们都管它——最大的那家——叫大白屋。"

"所以小心吧，你，"罗丝挤兑着杰克，"可别再信口开河了。"

"我可不知道你在说啥。"他一边套上牛仔裤，一边装出受伤的表情，"我这辈子说的每句话，都是千真万确的事实。"

"真的吗？那你倒是给多米尼克讲讲，那些披盔戴甲还会走路的鲨鱼和罐头刀的事呀,看他会不会相信你咯。给他讲讲呗!"

多米尼克失落地叹了口气,关掉了电视,"一定是现在还没有播。"

"所以这个静电噪音台到底有啥特别的?"杰克问道。

"它与众不同而已。你知道上个月官方频道里最受好评的是什么吗?是那个关于会计的节目,讲的是如果他们不能算清账面,就会被公司一个接一个地开除的事儿。都是真事,真是太无聊了!但是'静电噪音'不一样……在'静电噪音'里,有过去那种戏剧节目;有逗你开心、让你忘却烦恼的喜剧;还有会让你好奇下一步发展的连续剧。"

"幻想。"杰克总结道。

多米尼克的脸色阴沉了下来,"但它的节目里也有事实。哈尔·格莱登告诉我们事实——真正的事实——也告诉我们如何让一切变好。他开拓了我们的眼界,让我们能用一种不同的眼光看待这个世界。"

"看来这个叫格莱登的家伙,帮咱们把活儿给干啦。"杰克说道。

"你知道博士这个人,"罗丝说道,"无论如何,他还是会掺和进去的。"

"我猜他已经去了。现在我只想知道,这一切是怎么发生的——是谁让这里的人不要做梦，他们又为什么要乖乖听话。"

"他们说做梦是很危险的事情。"多米尼克说，"但做梦也很刺激。当我在阅读的时候——写作的时候更是如此——那感觉就好像我能……"他竭力寻找着合适的字眼，"就好像我生活在另一个世界，一个一切皆有可能的世界。那些角色、怪物、情境——它们都像是真的。然后，嗯……我猜……我是说，有时我觉得自己仿佛能被拉进那个世界，我有些害怕这种感觉。但这一切都是值得的，因为……因为当我置身其中的时候，会觉得那个世界色彩斑斓，而当我回到这里时，一切又重归黑白了。"

多米尼克眨眨眼，然后突然盯着罗丝和杰克，仿佛在担心自己说得太多了。

"你知道我们该上哪儿去找这个哈尔·格莱登吗？"杰克问道。

"为什么要问这个？"

"就像我刚才说的，我们的想法是一样的。只是格莱登看上去已经有所准备，可以真正做些实事了。"

多米尼克耸耸肩，"没人知道他在哪儿。传说他曾经是个商人，功成名就的那种：有四辆车，在第Ⅰ阿尔法区有套豪华公寓，还有一些工厂。但他必须躲起米，如果被警察抓住了，他下半辈子就得待在大白屋了。"

"他一定有个演播室。"罗丝说道。

"有好些个。传说他凭自己的财力在城市各处都建了演播室,永远不会在同一个地方连续广播两天以上。真希望我能找到他,我做梦都想为他工作,让我的故事被成千上万的观众看到。你能想象吗?我曾经觉得……不,不,这太傻了……"

"你曾经觉得什么?"罗丝鼓励道。

"我曾经觉得,也许,通过我的读书小组……我们只有几个人,但我觉得,也许有一天,如果我的故事能够传到他耳朵里……我就是想……我想做更多的事情,你明白吗?我想做……比通过可视电话给人推销窗户更有价值的事。"

"你是个销售员?"杰克高声说道,"嘿,干这个也需要想象力。给你的顾客编个好故事,可是绝佳的推销方法。"他转过身去,冲罗丝咧嘴笑了起来,"我跟你讲过那次我在阿塔莱恩星系里没油了的故事吗?那会儿我只有个某天晚上出去溜达时捡回来的交通锥。于是我不得不说服一个老矿工,让他相信那玩意儿值一袋子铯矿石。我告诉他那个交通锥是一顶皇冠……"

多米尼克目光锐利地看着他,"你这是想表达什么?我们可不会对顾客撒谎。我们不能……我是说,我们就是不会去撒谎!我们为他们介绍产品包括它的作用,仅此而已。"

"他没有别的意思。"罗丝说道,为氛围的急转而下感到不解。

"那个,我……我……忘了我刚才说的一切吧。不过只是些念头而已,就是这样。我不是什么作家,也不知道那些纸张和故事是哪儿来的。我不过是……在外面发现了它们。刚才我有些迷糊,但现在已经好多了。"他站起来,一边说着,一边往门口挪。

罗丝也站了起来,挡住了他,"别呀,那你刚才说的那些话呢?那个色彩斑斓的世界,还有给电视台写故事什么的?现在它们突然就全无意义了吗?我知道不是这样的,多米尼克。"

"都是这些……这些披盔戴甲的鲨鱼,还有皇冠,还有……还有能读虚构书籍的学校。我觉得你们……如果你想知道的话,我觉得你们都已经没救了,发幻想疯了。我觉得你们该去看看……"

"你知道吗?"罗丝说道,"现实生活不一定就得是黑白的。一个朋友教会了我这个道理,你应该见见他。"

"……医生。"

"嗯?你怎么——"

"你之前提到了一个……"多米尼克惊恐地睁大了双眼,在逼仄的空间里拼命退得离罗丝越远越好,"所以你们才问我那些问题?你们是警察,对不?你们……你们跟大白屋的医生是一伙的,打算给我下套,于是装作迎合我。"

杰克看上去有些愤愤不平,"今天无论到哪儿,都有人叫我骗子。"

"只是今天吗?"罗丝调侃道。

然后多米尼克就往门口跑去,却又一次被罗丝拦住了。他沮丧地哭喊一声,抓起了手边最近的东西——一个破破烂烂的旧烧水壶。"让我走!不让我走,我就把你脑袋砸开,我发誓我会的!"

"不,你不会的。"罗丝说道,努力让声调保持平静,双手在身前摆出安抚的姿势。她心里有些没底,但那个水壶是空的,看起来也不是很重。再说,她觉得多米尼克也没多大力气。就算他真动手了,她也能够保护自己。

杰克走到多米尼克身后,把手搭上了他的肩膀。"冷静一下,伙计。"他坚定地说,"没有人在骗你,也没有人想要……"

他没能说完剩下的话。多米尼克在绝望之下爆发出了惊人的力气,突然推开杰克,吓了后者一跳。杰克和罗丝还没来得及做些什么,他就已经跑过去,猛地把窗户拉开了。车辆通行的喧嚣涌入房间,窗帘随着轻柔的晚风飘荡起来。"我是不会去那里的!"多米尼克赌咒道,"我听说过,去了那里会发生什么,他们会……他们会烧坏你脑子的某个部分,让你再也不能思考。那样的话我宁愿去死!"

意识到他的打算后,罗丝的心怦怦直跳。她往后退了一步,推敲着能够安抚他的话,想让他相信他们无意伤害他。

但是多米尼克一只脚已经探出了窗户,杰克意识到已经没时间废话,便猛地冲了过去。罗丝满脑子都是:他们现在离地面有六十层，没人能在跳下去后幸免于难。

杰克猛地扑向多米尼克，但他的双手却抱了个空。他转身看向罗丝，那惨淡的脸色已说明了一切。

窗外显示屏上的溢彩流光，在他身后的虚空中闪烁。

多米尼克跳下去了。

4

要找到混乱的源头,其实轻而易举。

有栋办公大楼二楼的窗户仍透着亮光,人流正从其下方的出入口里奔涌出来。那是些穿着一模一样黑色礼服的男人,和穿着别无二致的白色礼服裙的女人——有些人已经歇斯底里了。

一直专注于追捕行动的沃勒警督,直到现在才注意到周围的环境。她之前没意识到自己已经到了金融区的边缘,这是个更加富裕的片区,但这里的建筑看起来跟其他地方没什么两样。

有钱人正在这里聚会——如果凌晨这个点了灯还亮着,说明这是个特别好的聚会。

她刹住车,感到机车重心一变,因为博士在车完全停稳前就跳了下去。他把头盔扔到一边,执拗地堵在逃跑者的前面。

"他在宴会舞厅里,"他们在交通嘈杂和警报轰鸣中,叽叽喳喳说个不停,"他手上有……"

"……刀……"

"……枪……"

"……他有一颗在轨道上待命的卫星，可以发射足以夷平整个区域的死亡射线……"

"……他戴着一副铁面具……"

"……眼睛往外发射线……"

"……他想占领……"

"……整个银行……"

"……整个宇宙……"

"……世界星际冠军先生的称号……"

沃勒抓住博士的胳膊，把他从人群中拉了出来，"跟他们交谈是没有意义的，他们被吓坏了，现在看到的都是幻觉。"

一部分逃出生天的宴会狂欢者，手脚并用从熄火车辆的引擎盖上爬过，竭尽全力逃得越远越好；一部分开着车的人弃车而去，惊慌失措地跟着人群奔跑。

沃勒和博士跑入大楼，立马就听不到交通的喧嚣了。环绕他们的，是大理石、繁茂的丛林植物和柔和的灯光。一座喷泉以舒缓的节奏汩汩喷涌，但警报仍然轰鸣不止，像个钻子在沃勒脑中钻个不停。

一个尖嘴猴腮、穿晚礼服的男人跌跌撞撞直冲沃勒而来。他像举着一把枪似的举着一根香蕉，"你们也该到了，"他上气不接下气地说道，"我把嫌犯押在了二楼，他们闯进了第一区银行的舞会，但没料到我也在这里。我已经让十个人从后面包围了他们,还有四个人正在待命,我一声令下他们就会从窗户……"

她反手给了他一下,让他失去了意识。

"现在感觉好些了,是吗?"博士问道。

"明天早上他会感谢我的。你最好留在这里。"沃勒冲上了通往舞厅入口的楼梯,"这里可能很危险,而我没法为你能否保持理智负责。"

博士没有跟她争论——他直接无视了她。

他俩闯进大门,让里面的人不约而同地倒抽一口冷气。沃勒掏出手枪,扫视着眼前这一大片黑衣白裙,寻找着那抹与众不同的颜色。那并不难找。

那人正站在房间中央的一张桌子上,明显没注意自己有只脚正踩着一碗乳脂松糕[1]。他是个中年男人,体形肥胖,双颊红润,深色的头发油腻腻的。他气势汹汹地挥着一个小小的黑色控制器,在看到闯入者后便大肆挥起手来,威胁道:"不许过来!你们再往前走一步,我就把这地方炸上天去!"

"这就是不先打探清楚就随便乱闯的后果。"博士说道。沃勒惊异地发现,博士正咧嘴笑得像个神经病,"我每次都这样。"

她的心沉了下去。这触目惊心的情况,远非几句谎言能比。

---

1. 即屈莱弗甜食,是一种由松糕、果冻、水果和蛋奶沙司层叠制成的冷甜点,通常覆有奶油。

这正是令沃勒警督一直提心吊胆但又不敢想象的情况。她对斯蒂尔说过多少次,早晚会发生这种事?他又认同过她多少次?然而这种先见之明,并不能在当下给她带来多少安慰。

评估这个新的威胁、预判可能出现的最坏情况,是她的职责。但她此前从未经历过这种事情,从此刻开始,任何可能发生的事,对她来说都像是幻想。

无论何时,她只要一想到这点——在她的思维滑向那个危险领域时——就好像整个世界都炸成了一片火海,沃勒仿佛可以嗅到浓烟、听到烧灼的声响。还有那该死的刺痒,在她脑后不依不饶,直到她恨不得撕开头骨去抓挠痒处。

闭上眼,深呼吸,稳住神。你已经前进了这么多,不能前功尽弃。

她只是隐约知道那个肥胖的狂徒在说话。他暴躁蛮横地说着,但嗓音中透着紧张;他脑袋摇来晃去,想要将整个房间同时纳入眼中。"好了,没人可以进来,也没人可以出去。我是认真的,谁敢靠近任何一扇门,我都会让你后悔。现在,都趴到地板上!我说趴下!你们必须照我说的做,不然我就把你们都炸飞!我会的!"

沃勒估摸着这里大概有四十个人质。四十条人命悬于一线,更别提财产损失了。也许不止这栋楼,说不定整个街区都会受到波及。还有外面的车以及任何在周围办公楼里的人……还有……

她的脑子开始刺痒、嗡鸣,她不能再继续想下去了。

"很好,很好,继续呀。就是这样,趴到地板上,趴进尘土里。臣服于我吧,就像我这么多年来对你们卑躬屈膝那样!你!把头低下来,詹金斯,趁我还没想起来,你如何抢了我的功劳,得到了晋升。还有你,莱博维茨小姐。我看到你对我的描述了,别以为我没看到。那好呀,我这就让你看看什么叫'不稳定'!"

在一阵可怕的死寂中,银行家们接二连三地屈从了。沃勒又急又恼,手指摩挲着配枪,明白它是派不上用场了。她需要时间来理清思路。那狂徒锐利的目光扫过沃勒,她便扔下了武器,展示着自己空空如也的双手趴了下去。

神不知鬼不觉,她按下了手腕视讯机上的一个开关。外面应该已经有警车响应警报,闻讯赶来了,但现在,他们也能知道有位警官正身处危险之中,也能听到这里发生的一切了。

"你最好这么看着我,苏西·摩根。"胖乎乎的狂徒咆哮道,"我本来还挺喜欢你的。我本来可能会放你走的——可你知道我为什么没这么做,对吗?'停车位'这个词对你有没有意义呢?难道工作了三十二年之后,我仍不配得到任何东西?是吗?现在,你——你们所有人——都必须求我了。"

"不然你就杀了这间屋里的所有人。"

博士仍然站着。警铃恰好在他开口前停了下来,所以他那快活的腔调是屋里唯一能听到的声音,像电流一样窜过了突如其来的死寂。

"就从你开始。"

"博士，"沃勒嘶声道，同时抓住他的脚踝，想让他也趴下，"现在可不是发幻想疯的时候！"

"站起来，沃勒，"他坚定地说道，"你像这样趴在地上，我们可没办法好好说话，而我们这位哥们儿正是想要好好谈谈，是不是？"

"我……我……"胖乎乎的狂徒结结巴巴地说，"我只是想要有人能……能注意到我。"

"你已经做到了。我敢打包票，你已经是注意力的焦点了。现在说说吧，是什么事情这么重要？"

博士没有疯，他是个天才。他正在把这个狂徒拉回现实，让他把注意力集中在他这行为的逻辑与事实上。他做了沃勒本该做的事情——当她意识到后，感到了阵阵刺痛。

"说吧，"他不耐烦地说道，"我们可没时间等上一整天。"

然后他瞬间搞砸了一切，就因为问了一个欠考虑的问题，一个沃勒曾受训永远别问的问题。

"你想要什么？"

她跳了起来，"你敢回答这个问题！"

狂徒瞪大了双眼，猛地把引爆器挥向了沃勒。现在已经没法回头了，她必须说服他，在博士造成更多破坏之前。别再去想炸药了，别再去想如果她稍有不慎，会造成什么后果。像对付其他狂徒一样对待这个就好。

"那正是让你深陷困境的缘由，"她强硬地说，"欲求不满，白日做梦，想入非非。你有工作的，对不对？你供得起一间公寓、一台电视和食物。你应该想你所拥有的，而不是觊觎其他人可能拥有的。没错，是有其他人干着更好的工作，挣着比你多的钱，但这就是生活。面对现实吧！"

"你觉得这就是正确的做法了，是吗？"博士悄声说道。

"听着……"沃勒语气和善了些，又意味深长地顿了顿。

"阿诺·芬奇。"那个狂徒小声说道。

"阿诺，我知道你不是有意要做这些的。我是说，要是你能立足现实看看自己的所作所为，一定会……好吧，我打赌你一定觉得难以置信，是不是？这一切看起来肯定就像幻想出来的一样。因为人们不会在自己工作的地方埋下炸弹，也不会在现实生活中威胁整个街区的安全，对吗？你这样的人尤其不可能，阿诺——像你这样一辈子兢兢业业、遵纪守法的人。我很清楚我从没见过这种事。我是个警督，可我从来没有见过这样的事情。你呢，阿诺，你见过吗？"

"我……我不知道。也许吧，我猜……是的，我觉得我见过……"

"不，阿诺。我说了，是在现实生活里。好好想想！我知道现实和幻想的差别很难分辨,但是好好想想!当你之前看到这个的时候,当你看到有人做出这种举动的时候,你是不是在自己的公寓里?你当时是在看电视。"

"新闻,"阿诺呻吟着,"一定是新闻……我记不清了,但我一定是在新闻上看到的这个。"

"如果是新闻,阿诺,那我们都会看到过。我觉得你是在看些别的什么东西。你是不是一直在看'静电噪音'?"

"不!不!我才没有!"

"没事的,阿诺。这不全是你的错。那个时候你正在换台,然后哈尔·格莱登出现了。你听过那么多关于他的事情,而他又在电视上滔滔不绝地说着那些你希望能够成真的事,这让你好奇。但你要知道,那个人荼毒了你。哈尔·格莱登是在发幻想疯,阿诺——你也清楚幻想是怎么传播的。你自己就在这么干。你让人们感到害怕,让他们设想未来,你心里清楚这会导致什么。就像现在,这间屋子里的每一个人——甚至还有那些你放走了的人——都需要去做心理咨询了。银行很有可能会被关闭,你已经复仇了,阿诺。"

"我只是想……不,除非他们对我道歉,除非他们保证……保证会对我更好。把我的桌子挪到……挪到……"

"他们做不到,阿诺。你是个聪明人,你知道世界是如何运转的。我们只有一个小小的世界,我们的资源已经耗至极限,没有盈余了。你必须接受这点。把注意力集中到现实上来,忘记其他东西吧,忘记'静电噪音'。"

"但是……不,那不是真的。因为我见过别人,跟我一样的普通人,他们回答了一些问题,然后得到了……钱……钱和车,还……还能到其他地方度假。"

沃勒摇了摇头,尽管她瞧不起对方的软弱,却也觉得他可怜。他不是元凶,真正的罪魁祸首已经完成了自己的工作,把自己腐化的思想植入了这个傻瓜的大脑,让他彻底疯了。"我听说过这样的节目——但它们也是虚构的,阿诺。就像那些告诉你别相信警察的节目一样,你其实知道你是可以的。你曾经遇到过那些问答节目上的人吗?任何曾经赢过大奖的人?你能证明他们是真的吗?"

他大汗淋漓、浑身颤抖,他就快做出决定了:要么放弃,要么做些蠢事。

"不,你不能证明。那他们都不是真的,对吗?"她向前走了一步,希望自己的存在能稳住他,宽慰他,或者能吓住他也好,她不介意是哪种情况。只要能让他不去想其他任何人、任何事。

狂徒发出了一声悲恸的哭嚎,想要退开。

那碗乳脂松糕从他脚下滑了出来,让他仰面摔下了桌子,从沃勒的视线中消失了。

她的心脏差点从嗓子眼儿里蹦了出来。她蹿上前去，让微型动力机运作到极限，心里明白一切已经太晚了。

时间仿佛冻结了，无数可能性悬而未决。

然后房间爆炸了，又没有爆炸。

沃勒仿佛同时存在于两个世界，一个覆盖着另一个。她能看到宴会舞厅毫发无损，同时也能看到它炸得支离破碎。她靠近狂徒的道路畅通无阻，同时也充斥着下坠起火的砖石。周围的人质们尖叫哭喊寻求帮助，这一点在两个世界里都是一样的。

就像昨日重现一样。

不过这次她能与之抗争，因为她知道这是怎么回事。

炸弹被引爆了或者没有被引爆。一个是现实，一个是幻想。沃勒不需要知道哪个是真的。如果是第一种情况，那么她无计可施。天花板塌了下来而她被牢牢钉在下面。如果是第二种情况……

她无视了四肢上或真或假的疼痛，纵身跃过狂徒刚才踩着的桌子，找到了正躺在地上、独自呜咽的他。他的双眼在看到沃勒的时候便鼓了起来，他想按下引爆器，却发现自己已经弄掉了它。

沃勒和狂徒一同朝那个小黑盒扑过去。二十根手指争先恐后想要第一个抓住它，可它却滑了出去，被一只磨损了的棕色鞋子拦住了去路。

抬头的时候，沃勒的世界又一次晃动起来，她不知道自己会看到些什么，隐隐觉得自己只要眨眨眼，就会发现自己正被埋在碎石下面，血流不止。

博士一把捡起引爆器，盯着它看了看，然后乐呵呵地说："是个电视遥控器。"他把它扔到身后，嗖地一下在他俩身旁蹲下了，"我猜就是，但不能确定。我的音速起子已经准备好阻断无线电信号了。"他几乎是道贺般拍了拍阿诺·芬奇的肩膀，"但你就是在唬我们玩儿呢，是不？"

他的存在宛若船锚，把沃勒拉回了理智之中。

噩梦消逝了，她如释重负地叹了口气——最坏的事情没有发生。她还活着，他们都还活着，这栋建筑毫发无伤，败北的狂徒被她压在身下，放弃了抵抗。但博士刚刚说了什么？……

这里没有炸弹！她刚才为什么没有意识到呢？她过于迅速地接受了幻想，相信了没有亲眼见到的事情。她忘记了基本守则。

她一边生着自己的气，一边把狂徒死死摁在地面上，用喷雾手铐把他的双腕固定在了背后。"进大白屋去吧，朋友。"她吼道，"但愿他们会因为你对这些人做的事情，把你脑子给煎了，你这个变态！"

这句狠话一出口她就后悔了，在意识到它很可能成真后就更后悔了。撇开恼怒，她真的理解他。曾有那么一次，她自己也寻找过静电噪音台，在一个寒冷、寂寞的夜晚。她只是好奇。幸运的是，她并没有找到。她和阿诺·芬奇这类人之间的区别，有没有发幻想疯，其实比她愿意承认的还小。

"你……你会告诉他们的,对吗?"狂徒结结巴巴地说,眼泪汪汪,"你会告诉他们这不是我的错,我只是……只是照着电视里说的做了而已。"博士俯下身,在他耳边悄声说了些什么。沃勒没有听清,但那些话似乎让他冷静了一些。

那些还能站起来的银行家陆续爬起身来,适应着新的事实。还有不少人仍然躺在地上,胎儿般缩成一团,不住抽泣着。

"你现在知道我的意思了吧。"沃勒对博士说道。

"是,我明白了。"

"这就是格莱登做的事。这就是为什么他是危险分子。他的电视台让人变得贪得无厌,教会他们蔑视权威。"

"是的。"

"他在把人们逼疯!"

"我误会了你,沃勒警督。我本以为你才是这里的怪物。"

在沃勒张嘴结舌的时候,博士站了起来。"怪物是不存在的,博士。"她干巴巴地说。

"不,怪物是存在的。"他说,"只不过有些怪物比其他的更擅隐藏,还有些我们就算见到也辨认不出的怪物。来吧,我们该走了。"

他小跑着动身离开,仿佛想要沃勒也跟上——而不知为何,她恼火地发觉自己真这么做了。

"去哪儿?"她无助地在他身后喊道。

"大白屋,"他头也不回地喊,"我想知道接下来会发生什么。"

5

"不好意思,先生,你有多的信用点让我买杯冰啤酒吗?"

杰克上校最开始并没看到那个流浪汉,后者跌坐在硬纸壳做成的窝里,就在一家用木板封住了门窗的商店门前。杰克的注意力被街对面的大广告牌吸引了——上面画着一罐牙膏,配了段"去牙菌斑功效不如市场领军产品,但稍许便宜一些。"的广告语。他终于开始明白多米尼克说的在这里做销售有些困难是什么意思了。

"我产生了些幻觉,你知道吗?就是不停地做着我是个有钱商人的美梦。我需要点酒精,在我发幻想疯之前把大脑麻醉掉。"

杰克笑了,"我喜欢你的推销把戏。"

流浪汉抬头看着他,层层褴褛衣衫之下满面愁容,"不过是实话实说罢了。你不会找我麻烦的,对吧?"

"不过我可没现钱,抱歉啦。"然而那个流浪汉看起来实在太垂头丧气了,杰克忍不住对他伸出手,"哎,跟我来吧。我会给你弄点儿吃的和热饮,或者别的什么。"

"我更想来杯啤酒。你刚才不是说你没钱吗？"

"我会发挥想——我是说，我会有办法的。"

流浪汉握住了杰克伸来的手，让他把自己拉了起来。他不如这个美国人高，而那塌着的肩膀让他看上去更矮了一截。他上了些年纪，头发稀疏胡子雪白，但双眼炯炯有神、充满警惕。

"就知道你会帮我的，先生。"他喘着气，感激地说道，"我一见着你的衣服就这么觉得了。你可不是什么庸碌无为的家伙，你是个有想法的人，我也是。"

杰克只是点了点头，想起了上一个遇到的"有想法"的人。

他记得与多米尼克失之交臂时的恐惧感——因为他知道，那个年轻人死前会经受一段漫长而痛苦的煎熬，而自己除了眼睁睁看着他坠落外，毫无办法。

然而，多米尼克的手胡乱在空中摆动时，拍开了几米外附在墙面的消防逃生笼的反重力气流，那份恐惧便化作了惊奇。

他下坠的势头被抵消了。多米尼克像空中的一根羽毛般飘荡着，打着滚儿翻进了逃生笼那三根竖向栏杆的空隙里。然后他继续下落，比之前的速度稍快，但一定会轻缓着陆。

杰克有两秒钟的时间来决定，要不要一起跳下去，但距离实在太远了：逃生笼本该从屋顶进入，而不是这里。也许他并没打算真的自杀，但多米尼克仍然冒了相当大的风险。

杰克弄不明白这是为什么。多米尼克前一刻还喋喋不休，显然因为找到了两个同类而开心不已;但过了一会儿……他就好像犯了妄想症似的,把自己和罗丝往最坏的方面揣度,并对此坚信不疑。就好像这个世界的统治者其实是对的,梦真是危险的。

也许真是这样,对于不习惯做梦的人来说,梦确实危险。

太阳爬到了灰色的大楼上面,但这是个冷天,空中布满厚厚的云层。马路一如既往的拥堵,人行道也挤满了人:穿着灰色连体服的人脸色灰暗,低着头走向工作的地方。熄火车辆的空气喷射器扬起了灰蒙蒙的尘土,绕着行人的脚踝打旋儿。多米尼克是对的,杰克想:这是个黑白的世界。

"我在找人,"他说道,"哈尔·格莱登。他经营着一家电视台,你听说过他吗?"

流浪汉耸了耸肩膀,"你可找不到几个没听说过哈尔·格莱登的人。很有可能也都看到过他,如果他们诚实的话。据说他儿子因为一个小小的指控,只是讲了故事,就被抓了起来,送去了大白屋。他在里面自杀了,真的。这就是为什么格莱登痛恨这个体系。"

这跟杰克已经知道的事实相符。在多米尼克逃入黑夜之后,他和罗丝就在旅店前台后面的一间小屋子里,花了两个小时在以太网上搜索。晚班经理给了他们一张密码卡,往他们账上添了一笔费用,他们轻易就找到了多米尼克·艾伦的地址,还找到了上千条提到哈尔·格莱登的信息,但没有任何确凿的消息。如果他确实像多米尼克坚称的那样是个商人,如果他曾有任何登记在册的地址或可视电话号码,他们都没能找到任何蛛丝马迹。

"哈尔·格莱登,这肯定不是他的本名,对吧?"

"多半不是,"流浪汉说道,"至少别人都是这么说的。我可听到过不少东西,真的。一直耳听八方来着。"

"那你听过他的真名吗?或者上哪儿去找他?"

"我在那边的屏幕上见过他,几周之前的事情了。他把RTV4台的直播掐断了一分钟,用他们的卫星发送自己的电视信号,人们是这么说的。真是个聪明的家伙。要我说,如果有谁能拯救这个世界的话,那非他莫属。"

"每个人都知道他长什么样,"杰克说,"他到底是怎么躲起来的?"

"给我弄杯啤酒,我就把我知道的都告诉你。"

"你这老骗子,"杰克笑道,"你什么都不知道,是不?"

"我可从不说谎,先生。"

"算了,你们这里哪儿能弄到啤酒?"

"酒吧。"

"早晨这个点儿?"

"全天开放。酒精可是好东西,如果剂量合适的话。它能让大脑麻木以免我们想得太多,让我们保持理智,让事情保持真实。街角就有家挺不错的店。"

"好,"杰克说道,"那就带路吧。"

初升的太阳染红了天空,罗丝已经在房间里安然睡去了。她打算补补觉,睡上几个小时就出门去找多米尼克。如果运气好的话,博士在她离开之前就会回来。如果运气不好的话……那就是另一件需要操心的事情。

与此同时,杰克自己出了门,在这座拥有两千万人口(根据以太网上的数据来看)的城市——或者说世界——里,去找一个人。他并没多大把握能成功,除非他按多米尼克不经意间给他的启发,去做一些事情,一些风险很大的事情。

而这,就是他的任务。去讲故事,去问问题,吸引注意,让他自己出名。

然后让哈尔·格莱登主动来找他。

一个半小时之后,杰克上校已如鱼得水,他坐在吧台凳上,面对着围成半圆、全神贯注的听众们:那些疲惫的夜班工人和潦倒的失业者。在杰克到来之前,他们都各自沉浸在自己的痛苦中。

"然后这个可怜的家伙精心装扮成保侬之脸[1]走进了食堂,而

---

[1] 保侬之脸,外形为一整个巨大的头颅,面部结构与人类相近。首次出现在新版第1季第2集《世界末日》里,最后在第3季第3集《水泄不通》中,为拯救城市与博士而死。值得注意的是,本文原作出版于2005年,杰克在文中调侃了保侬之脸。但实际上,在2007年播出的第3季第13集《最后一个时间领主》中,杰克说自己因为家乡争光而被称为"保侬之脸"。这是本小说与原剧情设定的不同之处。

上将就站在那儿呢。你们真该看看他意识到那不是个化装舞会时的表情,他简直不知道该把……好吧,他简直不知道该把自己往哪儿搁。"

他背靠吧台,拿起自己的瓶子灌了一大口,陶醉于观众们赞赏的笑声之中。

第一间酒吧可不是这样的。那里的顾客都阴沉地坐在自己的位子上一言不发,只是瞪视着他。有一对夫妇堵住了自己的耳朵,还大声地唱起歌来。还有人冲他扔了个瓶子,管他叫"幻想狂徒"。而在第二间酒吧,他几乎刚一开口就被一个粗暴的酒保扔出去了。

倒不是说在这里就没人反对他了。"你应该去看医生,知道吗?"酒吧另一头一个棱角分明的老女人气冲冲地说道,"你们其他人也不该这么鼓动他。"

"我说的可都是真的,我发誓。"杰克说道。

"我相信他,"另一个客人出声说道,从眼里擦去笑出的泪水,"我不觉得有人能凭空编出这种故事。"

"是吗?那那个哈尔·格莱登呢?"

有人出来声援那个老女人了,"如果你说的是真的,"他质问杰克,挥舞着自己的酒瓶,"那你的船呢?为什么我们没看到它着陆?"

"它停在丛林里,而且它可不着陆,它凭空出现。就是这样,你听到我说的话了。"杰克说道,在新一轮欢笑声中提高了嗓音,"我是乘着一架时空飞行器来到这里的。从外表看来,它就像一个叫作警亭的东西——那是二十世纪的地球上的玩意儿。不过我坐的这个,里边儿比外面要大。"

那个老女人猛地把酒杯砸到桌上,语无伦次地说道:"你指望有人会相信这个?"

"没关系的,女士。"在她怒不可遏地冲出酒吧之后,杰克在她身后喊道,"你可以听我说。警察不会找我们麻烦的,因为这些不是幻想,是我的生活!"

"向医生们证明去吧!"她离开前扔下了最后一句话。

"跟我们讲讲你的飞行器。"有人要求道。

"啊,它可不是我的,"杰克说,"它属于一个叫……唔,我觉得现在还不能告诉你们他的事。"他故作悲伤地瞅了眼自己的空瓶子,然后如愿以偿了——有个相当可爱、梦中情人般的金发小伙子又上前来给他买了瓶酒。"给我的朋友也来一瓶。"他快活地要求道。杰克转过身去,对着角落里的那张桌子竖起了大拇指——但那张桌子是空的。他皱起了眉头,在人群中搜索着,直到那个流浪汉凑到身旁时才看到他。

"差不多该走啦,上校。"他小声说道。

"你开玩笑吗?好戏才刚开始呢,而且我还给咱们弄到了另一瓶……"

"还有其他地方,"他恼火地嘶声说道,"但如果我们继续留在这里,可能就没有了。那个暴躁尖刻的老太婆——她现在应该已经报警了。"

杰克仓促起身,几乎从椅子上跌落下去。老流浪汉是对的,如果不是受到酒精影响,他自己也能得出这个结论。他本来只想来上一瓶进入情绪的。下一间酒吧只喝软饮料了,他发誓。

"我刚刚收到提醒,"他大声说道,"我有个紧急预约。跟你们聊天真的非常开心,如果有人来找我的话——除了警察之外的人,我是说——我就在……"

"告诉他们就在静电噪音里找。"流浪汉急忙打断他。

杰克抗议地看了他一眼,被拽着胳膊往门口走去,同时听见自己的观众发出不满的抱怨。

"你这是为什么?"他埋怨着,在日光下眨着眼睛。

"你想让警察找上你吗?"流浪汉问道。

"谁在乎?无论如何,没人会出卖我的。他们拿不住任何定罪的把柄。"

"你觉得他们需要吗?"

"再说了,我就是要吸引注意,我想被人找到。"

"被哈尔·格莱登找到,"流浪汉提醒杰克,"不是其他人。再说,如果他想的话,他会找到你的。你在电视上见过他吧?他知道世界上都发生了什么。他到处都有耳目。如果他想找到你的话,上校,他就会找到你的——相信我。"

当他们从杰克第四场好评如潮的个人演讲中逃出来的时候,还不到傍晚。他们是从后门走的。

他对自己的成果非常满意,他的名声已经传开了。每到一处就有掌声响应,通过服装也有人认出他来,还有越来越多的人渴望听他说话。杰克认为,在这个故事匮乏的世界里,故事的传播也要迅速得多。

它们越传越广。"给我们讲讲那些披盔戴甲的鲨鱼!"这群最新、最多的听众外围,有人嚷嚷道。

就算最后没找到格莱登,他也做了些好事。他做了博士想做的事情:把幻想介绍给这个世界。

倒不是说他的故事完全是编的。他必须不停地向人们保证,他们听到的确实只有真事,事实也的确如此。就是……多多少少有些润色。毕竟,你得让听众为之好奇。

无论如何,他是在活络他们的想象力,拓宽他们受困于这个无聊小星球上的眼界。在此过程中,他就是在反抗一个不公的政权……人生没有比这更美好的时刻了。

杰克享受着声名鹊起的每分每秒。这就是为什么,这一次,他逗留的时间太长了些。

他俩逃入一条垃圾遍地的小巷子里,被高墙团团困住。警铃也在墙间反复回响,直到杰克再也分不清它们来自何方。流浪汉的速度快得不可思议,基于他喝了不少,更是让人刮目相看。

"你应该扔下我,"杰克坚持道,"没必要让咱俩都被抓住。"

"看到我俩一起进出的人太多了,"流浪汉有理有据地辩道,"无论在这幻想传播出来之前还是之后,我都是你的从犯了。再说了,我对这些小巷子了如指掌,没了我你可逃不出去,上校。"

杰克没有争辩,任由他把自己领过一个拐角——

却迎面遇上了一辆警用摩托。

它像一头愤怒的犀牛般冲向了他们,所有护板都升了起来。那一瞬间,流浪汉在蓝色警灯刺眼的光线中僵住了,但杰克抓住他的手,拉着他一起朝驶来的车辆跑去。

原来,他刚才看到锈迹斑斑的铁栏杆中有道缺口。他一把将流浪汉推了进去,自己也紧随其后。警用摩托嘶吼着开了过去,在反重力系统的帮助下,一个急刹停了下来。骑手从座位上一跃而下,他身穿黑色装甲,头戴遮面头盔,看起来魁梧健壮。

他们正站在一小块空地上,周围层叠垒着废弃的电子产品。杰克抓住一个带滚轮的废旧洗衣机,让它直冲栏杆滚去——那个警察正试着把用装甲垫宽了的肩膀从洞里挤过来——洗衣机撞过去时他往后退开了。这能稍微拖延点时间。

杰克跃过一个破旧的机器管家,藏在了在一堆垃圾后头。流浪汉绕了点远路，也气喘吁吁地跟了过来，即便如此，他也没有停下或者抱怨。他的双眼被兴奋点亮，肾上腺素支撑着他，至少目前如此。

杰克的情况跟他差不多，"我们要找个地方躲起来。"杰克说道，"一旦那个警察报告了我们的位置，就会有增援人手来包围我们。"

流浪汉什么也没说，领着杰克在垃圾山中穿行，那路径似乎是随机挑选的。

然而警察却突然出现了，离他们有些距离，但恰巧赶上了天时地利，有了一片能够看到他们的清晰视野。他迅速开了四枪，杰克猛地把流浪汉往后一拉，将他拽出了吱吱作响的蓝色能量弹的弹道。

他们又一头扎回了垃圾迷宫之中，左拐，左拐，右拐，最终流浪汉忙不迭地去爬一堵有他两倍高、已经腐烂的木围墙。杰克推了他一把，然后一个助跑，也攀了上去。他的手够到了墙头，被流浪汉拉了一把，跟他一起翻了过去。

他们落在一道泥泞的斜坡上，流浪汉失去了平衡，脚下一阵打滑，被杰克一把抓住。他差点儿就一头栽进了一条河里，那条河颜色锈红，缓缓地在杂草丛生的两岸间流淌。

他们继续逃亡，草根拉扯着他们的脚踝，头顶上则是旧仓库那些封了木板的窗户。他俩跑到一个地方，那里有不少扔在水里的木箱,他们便脚下不稳地踩着过了河。又跑了一段之后,河流分岔了,他们选了右边的那条支流,一直跑到一座铁桥下面才停了下来。

流浪汉迸发出的力量已经离他而去,他瘫倒在地,额头抵在膝盖上,气息在肺叶间呼呼作响。"他们不会到这里来找咱们的,"他气喘吁吁地说,"暂时不会来。他们中的大多数人压根儿不知道这条河。你瞧,他们就在上面建东西。"他的话几乎完全被头顶车流的呼啸吞没了。

"刚才可真险。"当他俩都能喘上气之后,杰克说道,"从现在开始,我们必须加快行动了,不能再在同一个地方待太久。"

流浪汉摇了摇头,"你不能再出去了,上校。至少不能穿成这样就出去,警察有你的外貌描述,警车会到处都是的。"

"我才不会藏起来,我跟你说了,我想要被找到。"

"你已经被找到了,他知道你在哪儿。他总是知道。"

杰克皱起眉,"你这是什么……"

流浪汉爬起身来,"你想要吸引注意?从你来到这个世界的那一刻起,你就已经被注意到了,你和你的同伴们。我知道你们住在哪儿,所以才在那个门口等你们中的某一个经过。"

杰克笑了,"我明白了,四处都有耳目是吧?你也是其中之一,对不对?你为他做事,你是个探子。你一直在考验我。"

"不完全对,上校。"流浪汉第一次挺直了背,展示出自己本来的身高,他炯炯有神的双眼对上了杰克的目光,嘴上挂着微笑,"我就是他。我就是那个你一直在找的人,哈尔·格莱登。"

6

医生们会告诉你,所有的幻想都是有害的,你在美梦之中得到的快乐,跟当它转变为噩梦时带来的恐惧相比,不值一提。可我认为,即便是噩梦,对我们也是有好处的。

罗丝不知道是谁在说话。她在床上扭动着,不屈不挠地闭紧双眼,希望这声音会离开,让她自己待着。

怪物是有迷人之处的,那些躲在床脚、在黑夜中蹦出来的东西。如果它们一无是处,我们就不会梦到它们了。我们想要体验那种战栗,品味那种恐惧。

她又睡过去了,电视也没关。妈妈到现在还没一边冲进来拔掉插头一边抱怨电费,真是个奇迹。

一些良性的恐惧并没有什么坏处。这能让我们心跳加速,刺激我们分泌肾上腺素,让我们知道自己还活着。

尽管努力抗拒,她还是慢慢醒了过来,逐渐想起了自己在哪里。

毕竟,还有什么能比直面那些怪物更令人兴奋、更刺激?

罗丝又醒了过来,楼下交通高峰期的汽车喇叭声此起彼伏,在她耳中炸开。她打开电视来掩盖喧嚣,发现它仍停留在之前多米尼克调出来的频道间的静电噪音上。

这样的白噪音本身是令人心安的:它是有些刺耳,没错,但这个持续不断、富有规律的声音,能够掩盖所有其他声音。罗丝的眼皮再次耷拉了下来,她任由那阵声响将她引入黑暗之中。

在我们的梦中,我们就可以做到。我们可以享有那种刺激,并安然无恙。我们的梦并不能伤害我们。

现在是什么时候了?她睡了多久?博士回来了吗?
她在听什么?

本节目由静电噪音电视台编辑出品。我是哈尔·格莱登。现在我们被迫终止广播,但我们将于今天下午继续带来本日剧集:食脑僵尸城堡。请在静电噪音中搜索我们。

现在,罗丝已经完全清醒了过来。她一个打挺坐了起来,刚好赶在屏幕重新被一片雪花吞没前,看到了一张一闪而过的脸。她跳下床去拿电视遥控器——它之前被多米尼克扔下了。

她搜索了一打频道,找到的全是普通的新闻和纪录片。

她停下看了一会儿某个庭审现场的直播,一个女人正在申请离婚,理由是她的丈夫用一个恶毒的谎言毁了她的自信:"他反复明确地跟我强调,说那条裙子不会显得我屁股很大,但当我到那家餐厅的时候……"

她关掉电视然后看了看钟,但根本看不懂上面那六个数字是什么意思。她不知道应该从左还是从右开始读,她甚至不知道这个世界里一天到底有多少个小时。但窗外的景色告诉她,现在太阳正高高地挂在天上。

博士还是没有回来。她穿上夹克,在口袋里找到了自己的手机——它被博士改造之后,就再也不用充电,而且无论何时何地都有信号。她本以为会看到一条来自博士的短信,或者一个未接来电什么的,然而什么都没有。总有一天,她会逼他带上手机的——她知道他肯定有一个,在他想要的时候。

他会找到她的,他总是能找到她。与此同时,她得继续行动,去找多米尼克了。罗丝和杰克一致认为,多米尼克能帮到他们,只要能让他冷静下来。多米尼克可以成为他们的向导。再说,在昨晚的危情之后,她也想去确认他没事。

罗丝草草写了条短信发给博士(只为预防万一),便往门口走去。就在此时,她听到了背后的声音。

是脚步声,就从一秒前还没有人的地方传来。

罗丝猛地转身,屏住了呼吸。

房间里空空如也。

她笑了起来,很庆幸博士和杰克上校没有看到自己一惊一乍的样子。

但就那一瞬间……就那一秒钟——她的笑意在回想时凝固了——她确信,百分之百确信,她不是孤身一人。房间里有其他人……不,其他东西,在她身后。

而且不是随便什么东西,是……

她几乎没法去想那个词。但是那画面就在那里,清晰地映在她脑海之中。一个面白如纸、衣衫褴褛的生物。它皮肤剥落、双眼空洞,胳膊无力地朝她伸来,好像受弦线操控。

一只僵尸,跟多米尼克漫画里的如出一辙。

罗丝摇摇头想驱散这个画面。是噩梦的残影吧,大概。但它一直在那儿,当罗丝走入阴暗的酒店走廊,在身后把房门关上时,仍然在她的脑子里隐隐作痒。

多米尼克的公寓并不难找。道路都按数字而非名字进行标识，且以网格布局排列开来，罗丝很庆幸地发现自己只需走上几个街区就可以了。她可不怎么想在既没有钱也没有博士的情况下，跟这里的公共交通系统打交道。

多米尼克住的那栋大楼里的电梯坏了，但好在他住的楼层不高。毫无装饰的混凝土楼梯，让罗丝想起了自己老家的那个——在地球上的那个。但这个楼梯没有任何涂鸦，就好像大家都无话可说。

她在一扇不怎么结实的木门前敲了几分钟，然后又对里面喊话，想让多米尼克相信自己并无恶意。她考虑过把门踹开，如果门后哪怕有最轻微的声响，那她都会这么干。

他很有可能上班去了，在那个致电中心。她责怪自己睡过了头，责怪自己出门太晚。

接下来该怎么办？

罗丝步履沉重、满腹心事地走在回旅店的路上时，多米尼克从一家咖啡馆门口的桌子边向她扑了过来。他一直坐在那里，假装沉浸在一份似乎图片比文字还多的报纸里。

"多米尼克！"罗丝在被抓住胳膊拖到一边时尖叫道。

他立马嘘声让她安静："继续走，他们也许在跟踪你。"

罗丝忍住回头看的冲动，"谁也许在跟踪我？"

"你去过我的公寓。他们安排了警察整天巡逻,穿的是便衣。我一直在观察他们。有一个男人,每三分钟就顺时针绕着大楼转一圈。街对面的公寓里还有另一个人,我看到太阳照在望远镜上的反光了。"

罗丝这下回头了,"我谁也没看到呀。"她疑惑地说。

多米尼克快步向前,熟练地在人群中穿梭。罗丝艰难地跟在后面,不停地撞上路人。在走到一个交叉路口的时候,多米尼克突然向右拐去,没一会儿他忽然跑了起来,冲进了一条空旷的小巷子。

她在街的另一边追上了他,"听着,我觉得没事了。"她说,"我不觉得有任何人在……"

"他们去过我的公寓,"多米尼克说道,"我昨晚在一个朋友家里过了夜,等我到家的时候……他们试着把一切放回原位,但我知道他们来过。就好像每样东西的位置都……都有一丝微妙的差别,你明白吗?我就从消防通道溜了出来。"

"这都快成你的癖好了。"

"那个,对于昨晚我很抱歉。我以为你们是……哎,我想这显而易见。一定是因为……一定是因为压力,还有兴奋,让我有些发幻想疯。现在我想明白了,如果你是……又恰巧在那旅店房间的概率真的很低……然后,我的意思是,警察真的会对我们撒谎,现在每个人都知道这点。但是你们跟我讲的故事,都太精彩、太难以置信了,警察无论如何是不会……"

"行了,我知道你的意思了。"

"他今天早上又直播了,"多米尼克说道,"你看到他了吗?"

"如果你是说哈尔·格莱登的话……"

"没错,"他兴冲冲地说道,"所以你找到他了,他说的话可真是……我是说,今天早上,我以为一切都完了。你明白吗?警察知道我叫什么——他们一定已经从读书小组的某个人嘴里逼问出来了——我也不能回家,但现在我知道事情很快就会改变了。"

"为什么?他说了些什么?"

多米尼克皱起了眉头,"我以为你——"

"我只看到了最后一点。"罗丝解释道。

多米尼克又焦躁不安起来,开始四处张望。他眯起了双眼,再一次抓住罗丝的胳膊,把她拽进了另一条小巷。疑神疑鬼,她心想,绝对是在疑神疑鬼。但也许他真有充分的理由这么做。在这里她不过是个过客,但多米尼克的生活的确已经被搅得天翻地覆了。她想起自己第一次有这种感觉的时候,当怪物出现在她工作的地方,到她家里去的时候,就好像所有事情都毫无道理可言。不过至少她当时还有博士,可多米尼克又有谁呢?

除了她之外,还有别人吗?

一阵擦碰声传来,仿佛有人撞掉了他们身后的某个垃圾桶盖。罗丝和多米尼克同时转过身去，然后看向对方。

"后面谁都没有。"罗丝说道，不只在说服多米尼克，也在努力说服她自己。

多米尼克点了点头，但看上去不怎么相信。他们匆忙继续前行，回到了人群当中。

"你刚准备跟我讲格莱登来着。"罗丝提到。

多米尼克的声音比刚才小了一些，也压得更低，"一年以前，他还无踪无影，不过是一个都市传说，我甚至不认为他真的存在。现在……"

"你真的相信他能改弦更张。"

"我知道他可以。人们听他的话，而且现在他们也知道真相了——真的真相。今天早上——他之前有过暗示，但从来没有挑明直说，他说……一场革命，罗丝。哈尔·格莱登说，现在是我们起来推翻这个警察极权的时候了。因为我们没有政府，你明白吗？所以我们没有……没有可以检视事物本质的人，没有可以倾听我们心声并做出改变的人。所以我们必须成立我们自己的政府！格莱登说，是时候废除反幻想法了，我们应该去寻求做梦的权利，以及所有他们不允许我们去梦想的东西。是的，这就是他的发言……罗丝，我觉得我们正在被……"

"我知道。"

她什么都没看到，也什么都没听到，只是有一种恐惧感盘旋在她脑中。一般来说她不会在意这种感觉,但这次不行。她不断扫视着周围的脸庞,搜寻着到底是谁正看着她。

找到时她倒抽了一口气:它就在半个街区之外,站在交叉路口处,它的眼睛漆黑而空洞,皮肤惨白且剥落斑驳。

接着,人群在它身旁合拢又散开,它便消失不见了。

多米尼克一定也看到它了,因为顷刻间他俩已经同时跑了起来。

他们从一家大型百货商店中穿过,里面所有的东西都是黑白灰三种颜色的包装。她跑着跑着便开始怀疑自己的眼睛了。一个僵尸?怎么可能会有一个僵尸直挺挺地站在人行道上呢?还有人在它身前视若无物地走来走去,就好像他们都看不到它一样。

再次踏上街道时,他们停了下来,因为多米尼克已经喘不上气了。

"我们甩掉她了吗?"他气喘吁吁地问道。

"'她'?"

"我以为你看到她了,那个女警察。"

"呃,没错。"现在罗丝真觉得自己在犯傻,居然凭空看到了怪物,但她明明很确定呀,"是的,我觉得我们肯定已经甩掉她了。"

令她吃惊的是,多米尼克接着就把手搭上了她的肩膀,热切地盯着她的双眼说:"我希望你明白,罗丝,如果我们被抓住的话，我什么也不会告诉他们的。我会说是……是我对你撒了谎，是我骗你帮助我。我会告诉他们，跟你在一起的时候，除了铁板钉钉的事实我什么都没听你讲过……"

"闭嘴，多米尼克。"罗丝说道。

他退了一步，满脸受伤。罗丝又感到了那种恐惧——有什么东西在她身后。她往左看，往右看，但无论转去哪个方向，都只能看到普通人。他们中的大多数都无视了她，但也有人在盯着她看——又是因为她的穿着吗？不，是因为她的行为，因为她神经兮兮的。

就跟多米尼克昨晚……还有现在一样。

然后罗丝意识到，也许这就是他一直以来的感受。好像这世界有什么地方……有些她没法说清的事情不太对劲。但她记得博士之前曾经说过：藏于事物表象之下的事物，大多数人都无从看见。那是一种……在某个地方蛰伏着怪物的感觉。要是她能弄明白它们藏在哪里就好了，就能摆脱那种如果自己能看到它们，它们也一定能看到自己的恐惧。

幻想发疯。

意识到这一点，罗丝想起另外一些事情来，多米尼克昨晚说的，关于哈尔·格莱登的事情，"他打开了我们的眼界……"

"静电噪音台，"她倒抽一口气说道，"这就是它一直在做的事情，对不对？那些节目……以某种方法让人们大开眼界了。"

"……让我们能够用一种不同的眼光看待这个世界。"

现在轮到罗丝抓起多米尼克的胳膊,拖着他一起走了。

"我们这是要去哪儿?"他叫出声来。

"找到杰克,然后回到塔迪斯上。"罗丝说道,"也希望博士能够去那儿找我们。来吧,这外面不安全。"

她可不是在临阵脱逃,她告诉自己。她不会逃跑,她只是……这么做是有道理的,她没有办法处理现在的情况,她必须……

"我……我可以保护你的,罗丝。"

"你什么?"

"全靠我了,我就是那个男人,我就是那个英雄。"

"才怪!你之前干过这样的事情吗?"

"呃……没有,但是……"

"那就跟我走吧。我会——"还没说出口的话冻在了喉咙,她捕捉到了一个路人的目光,就在他立马低头重新看向自己的脚之前。

她明白了。

"是他们所有人。"她悄声说道。

"什——你在说什……"

"他们都知道了,多米尼克。你还不明白吗?他们知道我们知道了!所有的人,你能看到的每一个人,他们都被……都被控制着这个世界的东西控制了，无论那是什么。只有我们没受影响，而他们已经知道了。"

多米尼克猛地点头，尽管他的眼神出卖了自己的一无所知，"你是说他们都是告密者。警察已经发布了通缉公告，对吧，所以现在每个人都知道我们长什么样了。"

他们跑进了一条新的小巷，跑到另一条小巷的交叉路口时，他们停下了脚步，因为每个方向上都有人——那些不动声色、维持着自己日常生活的表象的人。但罗丝知道真相，她知道事实如何，她也知道他们不会允许自己说出真相。

一阵拖沓的脚步声响起。有个女人清了清喉咙，从一扇高耸的木门里走了出来，被厚厚一叠硬纸板压弯了腰。她是出来扔垃圾，还是暗藏什么祸心呢？罗丝并没留下来弄明白。

第一扇门是锁上的，第二扇的门闩在她的疯狂晃动下脱开了，他们闯进了一个建筑工的小后院。他们被成堆的木料包围了。有两扇门可以进入那栋建筑：其中一扇正对着他们，另一扇在一段金属楼梯上方。罗丝的第一反应是躲进去，但是一阵危机感让她停了下来。

窗户那里是有人吗？

她只是余光瞥见了一眼，一个面色惨白、双眼空洞、衣衫褴褛的身影。当她想要仔细看的时候，却消失不见了，黑漆漆的玻璃上只有天空的倒影。

大门在她身后砰的一声关上了,仿佛一声枪响,吓了她一跳。罗丝知道后面还有更多的怪物,鬼鬼祟祟地穿过小巷跟在她身后。

"你听到它们了吗?"她悄声问道。

"我听到了。"多米尼克肯定道,睁大的双眼里满是恐惧。

"完蛋了,多米尼克。我们被包围了。"

他想与她拉开距离,"我会去自首。我会告诉他们都是我的错。你……你就藏在某堆木头后面,也许他们不会……"

"这不是你的漫画,多米尼克。你也不是我披盔戴甲的骑士。我俩一个都逃不掉。"

罗丝抓住一根木头,像拿着一根球棍般挥舞着,眼睛紧盯着关闭的大门。她大脑中的刺痒已经变成了淹没一切的轰鸣,唯一能断续成型的念头,是光照不对劲,这儿太亮了。现在是白天,晚上才是怪物出没的时候呢。

然后一大片乌云吞没了太阳,院子陷入了阴影中。

它们追着她来了。

大门忽地打开,它们就在那里。一共四只僵尸,争抢着想要第一个挤进来。罗丝转过身去,心里已经知道自己会面对什么场景:另有两只僵尸从背后的门廊里出现了。然后是另一只,出现在她头顶的楼梯上,若非脚步拖沓,当真一声不响。

罗丝和多米尼克背靠背站着,被包围了。他正在呜咽,罗丝则掂了掂自己的临时武器,准备痛扁第一个进入攻击范围的僵尸。

"我知道你们在想什么,"她用眼下能拿出的最自信的嗓音说道,"我知道你们想要什么——但我是不会尖叫、晕倒,或者弄掉自己的衣服的,懂吗?所以,如果你们想要我……那么,就上吧!"

僵尸来袭。

7

大白屋很大。它是白色的。它是一栋屋子。

至少，它曾经是一栋屋子：那是一栋四下延展开来的多翼宅邸，设计古典，跟周围的混凝土高塔有云泥之别。它甚至还有自己的庭院，这可出乎博士的意料了，尽管它们面积很小而且全都铺了地砖。他怀疑有不少属于它的土地被周边的发展占去了，而剩下的土地也被停着的车辆填了个乱七八糟。

现在已经不能再称它为一栋屋子了——它有太多杂乱加盖的部分。其中最丑的是一座方形的附楼。它有五层楼高，矗立在建筑的中心部分。

不过，这里倒是非常平静。庭院被三米高的围墙圈了起来，隔绝了大部分城市噪音——尽管博士知道，隔音必然不是竖起院墙的主要目的。

院墙外面的灰色牌匾上写的并不是这里的名字，而是一个说明：认知分离患者之家。

门口的警卫一看到沃勒的警用摩托和她不合身的制服，便点点头把他们放了进去；博士本来准备掏出自己的通灵纸片，但很显然并不需要了。如果是在其他什么地方的话，他会对如此不堪一击的安保措施感到吃惊，但在这里，他怀疑越狱这种肆无忌惮的事儿根本就没人想得出来。至少这栋建筑之外的人是想不出来的——直到最近，直到哈尔·格莱登开始着手进行变革。

走廊开着空调，十分凉爽，颜色也漆得非常淡雅。接待他们的是一位具有东方血统的年轻人，他在灰色连体衫外面罩着一件白大褂。他的眼眶发红，博士猜测他可能已经工作了一个通宵。

"卡尔·泰科，"他自我介绍道，"值班护士。我想这位就是犯人？"

他匆匆瞥了一眼博士，没有正视他。沃勒纠正了他的误解，把博士胡扯给她的背景信息转述给他，而他的脸色阴沉了下来。很显然，他觉得这是在浪费自己的时间。

"我们不会妨碍你工作的，"博士保证道，"我只是想找几个可怕的故事——你明白的，你说谎之后会发生什么，谁会来找你，诸如此类的故事。也许再加上一些专业术语，让它们听起来更有说服力。"

泰科抬起了一边眉毛，"你需要让事实听起来'更有说服力'？"

"现在我们也有竞争者啦，这就不用我说了吧。"

泰科叹了口气，"你是说格莱登，对吗？"

"完全正确。我希望这部纪录片能够重申一些基本道理,并以充足的证据支持它们,让人们相信我们,而不是对方传达的消息。"博士一边说着,一边四处蹦跶,用手搭出电视屏幕的形状,透过它看着泰科。

护士的态度软化了,"我可以给你们一个小时。我已经超时工作了,但是早班人手不够。而且我还有工作要做——你们得跟紧我。"

"乐意之至,"博士无比热情地说道,"我想看到一切。"

泰科带他们上了电梯,来到了塔楼的二层。"我希望有人能对格莱登做些什么,"他一边领着他们进入一连串灯火通明的走廊,一边抱怨道,"这些日子我们收治的病人里,每隔一个就有受他影响的。他们来得越来越多、越来越频繁。我们没有足够的床位,并且已经开始把病症轻微的病人转到私人诊所去了。我跟你说,如果我能抓到他的话……"

"是呀,"博士温和地说道,"但'如果'可是个危险的词。"

泰科护士点了点头,看上去有些惭愧。他们来到一扇白色的金属门前,泰科打开了上面的一个小探视口,露出一扇封着栏杆的窗户。向里望去,博士能看到一间狭小的寝室,另一端的墙上也有一扇加栏杆的窗户。房间里有一张床、一个床头柜,还有一台随处可见、足足占了半面墙的平板电视。电视开着,但声音被关小了,开着字幕。一个年轻女人躺在床上,穿着一件纯白睡衣,瘦得形销骨立。

"早上好,苏。"泰科说道,"你吃早饭了吗?"

"我一直是个乖孩子,泰科先生。我把早饭全吃了,真的。"

"你知道我们会检查的,对吗?给我看看你的盘子。"

女人气愤地看了他一眼,然后艰难地坐了起来,从地板上拿起一个空盘子向他展示。

"非常好,苏。护理员很快就会来收盘子的。你今天早上需要吃药吗?"

苏摇了摇头。泰科点点头,心满意足地关上了小探视口。

"我觉得苏已经好多了。"泰科在他们继续前行时说道,"当然了,护理员们会检查她的床下面和抽屉后头,但她已经有好几周没有对我们撒过谎了,她明显变得强壮多了。这傻姑娘,她想让自己看起来像静电噪音台里的那些女人。她的朋友告诉她,想象出来的食物尝起来就跟真的一样好,还能帮她减肥。她刚进来的时候,几乎不能靠自己站起来。"

"她无法分辨幻想和现实,对吗?"

"谁又可以呢?"泰科说道,"接下来的这个家伙,他不能接受自己的祖母已经过世了。他把她的尸体在自己的公寓里放了六个月,一直想象她在跟自己说话。直到她说服他,把她带出去购物……"

"啊。"博士说。

接下来还有其他病人——非常多的病人，他们装满了好几打病房，无疑还有这层楼之上的更多病房。他们中有诈骗犯、袭击犯，但也有人仅仅只是古怪不群，他们全都有一个共同点：他们的所作所为，或者自称如此，是因为相信了不真实的事物——脑中的声音、身后的私语；或者仅仅只是自己变得更好了的黄粱一梦。

泰科以十足的礼貌向每一个病人打招呼，挨个儿鼓励他们之余，根据平板上的数据，逐一分发不同疗效和剂量的药片。偶尔，在走向下一间病房之前，他会停下来在平板上做笔记。博士在泰科身旁大步前行，他兴高采烈，双手背在身后，不时提出一些感兴趣的问题。沃勒一语不发，戴着黑色警用头盔，一派阴沉。只有在泰科指出因暴力犯罪收容进来的人数在近几个月急剧上升时，她才会嘟囔着自言自语几句。

回到一层时，博士留意到有两间手术室的标示牌，然而泰科却非常坚决地表示不能入内。"无菌环境。"他解释道。接下来的对话被他寻呼机的哔哔声打断了。

护士从自己的腰带上解下一个小小的白色设备，上面的信息让他满脸怒容，"看来我今天无论如何也不能按时回家了，"他说道，"他们刚又给咱们送来了一位客人。"

从警用运输车上放下来的时候，阿诺·芬奇并没有抵抗。直到他发现自己正身在何处，才开始挣扎，然而他寡不敌众，双手也还被铐着。

四个警察押着他进入了大白屋，另外四个握着枪跟在后面。泰科护士象征性地给他们指了指路，其实他们知道该往哪儿走。

"严格来说，应该由一名医生来处理。" 在他们匆匆跟上新病人时，泰科对博士和沃勒坦白道，"但我们人手严重不足。"

"你们不能多招点员工吗？"博士试探性地问道。

"不能。"泰科和沃勒异口同声地说。

"因为事情不是这样操作的。好的。"

他认出了曾在芬奇犯罪现场出现过的部分警官——在他和沃勒离开现场时，他们急匆匆地从他身旁经过，进入了办公大楼。沃勒连招呼都没跟他们打，只是生硬地大步走向自己的机车，一心只想继续推进。当然啦，博士也向来不喜欢留下来做收尾工作。

泰科带着他们进入了一个没有窗户的小房间，关上了门。里面有一张桌子、两把椅子和一台电脑，电视屏幕占据了两面墙。每一块屏幕都显示着一间病房内的景象——摄像机看起来就藏在他们房间里的电视后面——最大、最中间的那块屏幕上，显示着一间墙上垫了白色软垫、毫无特色的病房。过了一会儿，门忽然打开了。

阿诺·芬奇被扔到了地板上，他却无法用手来支撑自己免于跌倒。四名警察各取他四肢之一，把他按在地上，泰科则举着一支装满透明液体的皮下注射器走了进去。护士在芬奇身边俯下身，在他耳旁说了些什么来安抚他，随即将针头扎进了他的脖子。

"他在做什么？"博士问道。

"麻痹他的右脑，"沃勒生硬地说道，"它负责潜意识，是处理幻想的半脑。"

"是的，我知道它是干什么的。"

泰科直起身来，对护送的警员们点点头便离开了房间。其中一名警察朝芬奇那缚住的手腕按了两下手铐溶解喷雾，然后便迅速和同僚们一起离开了。门又一次关上，博士能听到门锁咔嗒一响。

"他们到得挺快的，你觉得呢？"他评价道。

"也许有辆囚车就在案发现场附近。"

"我不是这个意思。你们警察一定直接就把芬奇送过来了，没有审问，没有判决，什么都没有。"

"没有必要，"沃勒说道，"他是个幻想狂徒，由医生们决定他的治疗方案，等着瞧吧。"

卡尔·泰科又一次出现在了白色病房里，门却没有打开过——是全息投影，博士推断着，很有可能是在不远处的控制室里进行的操作。他走近芬奇身旁时身影闪烁了一下，证明了这一点。芬奇正躺在刚才摔倒的地方,号啕大哭着。泰科温和地向他保证他的安全,保证医生们会帮助他远离噩梦,只要他回答几个简单的问题,再说出自己的信用号码,就皆大欢喜了。

芬奇试着用自由了的双手撑着自己坐起来。然而当他察觉到自己左侧身体已经动弹不得后,便放弃了努力,猛地涌出了新一轮的眼泪。

"没事的,"泰科向他保证,"这只是暂时的药物副作用,仅此而已。"

博士看着沃勒,"你戴着头盔肯定很热吧。"

"我挺好的。"

"而且肯定憋得慌。"沃勒没有回答,他便接着说道,"只是好奇它的作用,没别的意思。你觉得在这里需要保护自己吗?我可不这么认为。你也不可能是想用它来恐吓坏蛋,因为那就说明你想让他们用自己的右半脑,你知道的,去想象那个黑色面罩后的面孔。"

"他们不需要去想象,"沃勒尖锐地说道,"他们能看到我是个警官,任何人只要知道这点就够了。"

在屏幕上,全息投影的泰科正在询问芬奇的童年。他回答得气冲冲的,且因为挣扎着用半边嘴巴说话而含糊不清。泰科每听到一个回答,就疲惫地点点平板。

"好吧,"博士说道,"是我不对。我知道你不想来这里。

我觉得你也许有想要隐瞒的苦衷。"

接着是一阵漫长的沉默。博士站在那里,无辜地微笑着。

当然啦,他不觉得沃勒会撒谎。所以她只有一个选择。

她摘下了自己的头盔。

他俩都目不转睛地盯着屏幕看了几秒,然后博士冒险往边上瞥了一眼:沃勒是个深色皮肤的女人,快到中年,开始转灰的头发剃得短短的,变形的鼻梁明显是被打断过一次或者两次。她几乎是用立正的姿势站着,固执地避开博士的目光。

"不,"他说,"我可没看见什么不对劲的地方。两只眼睛,两个耳朵,数量正确的鼻子,都在自己该在的地方。没有可怕的伤疤。那么,你要藏起来的一定是其他东西了。"沃勒没有上钩,所以博士直接问出了他的问题,"你是什么时候进来的?"

"一辈子那么久以前。"她勉强坦白道。

"但你仍然害怕他们会认出你。泰科当时在这儿吗?"

"不。任何人都可能碰上这事,你知道的。"

"我打赌是的。"

"我那时还是个少女,你知道那是什么样的。无论他们怎么对你说,你都绝对无法当真抗拒得了梦境,做梦的感觉太美好了。直到你长大一些,直到噩梦第一次来袭。"

"他们关了你多久?"

"十六个月。"沃勒苦涩地回答,"从我生命中夺走了那十六个月。最令人难过的是我只能责备自己,没有人能说他们没有被警告过,没有人能说自己始料未及。"

"但他们放你走了。"

"我算幸运的。他们教会了我如何抑制想象,不然我也无法做这个活儿。这工作对我来说意味着一切,博士。当我骑着警车上街的时候,所有事情都清楚明了、非黑即白。我知道那些流程,我可以让自己投入工作,因为那一切都是真的。因为那就是当下,因为我乐在其中,还因为当我在做这些时,那些鬼怪就好像暂时没了踪影。"

泰科已经完成了对芬奇的问话,并向他解释了他得在这间软包病房里多待一段时间,好观察病情,同时保证他不会伤害到自己;然后,一旦有病房空出来,他就能搬进去了。芬奇点点头,毫无异议,听天由命。他拖着失去知觉的半边身子,把自己挪到房间的角落,自暴自弃地待着不动了。

"你看过静电噪音台吗?"博士问道。

"没有。"沃勒回答,"博士……你的这个纪录片,我不能出现在里面,这样最好。我们离开这里后,不能再见面了。"

在很长一段时间里,他们都没有再说一句话。

"你瞧,"博士说,"我明白幻想是危险的了。花了些时间,但我现在想明白了。我甚至知道它会如何危险,但我不明白为什么。"

泰科在大门边读卡器上刷了刷一张塑料卡片——打卡下班,博士猜测着——然后领着他的客人们出门,进入了庭院。"我们不问那个问题。"他说。

"你们基本什么都不问。"

"我们不喜欢去想象答案。"

"但你们知道这不对。你们没有忘记自己的历史,你们知道人类曾是会做梦的,不然你们走不到这么远。"

"没错,"沃勒说道,"但想想他们付出了怎样的代价吧。我们的祖先草率轻浮,与疯狂为伍。他们由着罪犯四处猖獗,听任领导者谎话连篇,为莫须有的事物彼此征战,成千上万的牺牲与死难才换来了我们今天所拥有的一切。"

"而那具体说来又是什么呢?"

"一个稳定并且能运转的社会,一个我们可以生活其中的现实世界,一个我们没有必要再做梦的现实世界。"

"不,我不接受这个。"博士固执地摇头,"我认为这是瘾症,可是没有看到别的症状……你之前说,孩子们不会受到影响?"

"十三岁以下的人群中,没出现过极端病例。"泰科说道。

"不过最好一开始就学习如何抵御幻想,"沃勒说道,"让他们养成习惯。"

"你们生活在恐惧之中,"博士发表了自己的意见,"你们生活在恐惧之中,还太……太深陷于教条,不采取任何行动。"

泰科耸耸肩,"世间规律如此。我们有充分的理由去害怕大恶狼[1]。"

"哎呀,"博士说道,"你都开始用隐喻了。"

泰科瞪了他一眼,但随后就挤出一个微笑,"这次你也是对的,是的。现在,如果你们不介意的话,几个小时之后我就又得上班了。"

他们一起来到了泰科的车前——他是如何从一大堆灰色车辆里找出自己那辆的,简直是未解之谜。他钻进驾驶座里,发动了引擎。

"我也得走了。"沃勒说道,忍住了一个哈欠。她重新戴上了头盔,向自己的警车走去。"需要我把你带到什么地方吗?"

博士在外面待的时间超过了他的预估。罗丝和杰克上校这会儿应该已经醒来,而且发现他人已不在了。

"我住在一家旅店,"他说,"离我们相遇的地方不远。"

沃勒充满歉意地露出苦相来,"不太顺路啊。"

"我会给自己找到车搭的,没事儿。"他只希望自己的同伴

---

1. 恶狼,即bad wolf,是贯穿新版《神秘博士》第1季剧集的主要线索,该短语以多种形式多次出现,用以示警,以及在时空中设定路标,让罗丝能拯救博士。

们没有做任何傻事。他们可不知道他现在已经弄明白的事。

沃勒点点头,发动了自己的车。当车喷气腾空时,沃勒说她希望博士的研究有所收获。他对她保证收获颇丰。她则面露犹豫之色。

"我们的世界,"她说道,"它的名字,我确实曾经听过风传。那是很久以前的事情了。学校里有些女孩儿说的,她们说这个世界叫——我是说,曾经叫——旅途终点。仿佛这就是我们一路行来,将千难万险都抛诸身后的地方。"

博士给了她一个感激的微笑。

沃勒骑向大门,警车引擎轰鸣。他步行跟在后面,经过守卫身边时对他挥了挥手。

大白屋外面的街道几乎是空的,仿佛每个人——司机与行人——都在尽量回避这个街区。

博士独自站着,把自己的伪装卸下片刻。他看着沃勒的机车渐行渐远,拐进一条堵得水泄不通的路,消失不见。他想起她对自己说过的话,感到一阵懊恼自责。她永远也不会意识到他有多么同情她。

但他也知道自己必须做什么——他还知道,无论是否愿意,沃勒警督一定是首当其冲的受害者。

8

杰克在桥下等着哈尔·格莱登回来，他等了很久。久到他开始怀疑自己是不是已经被遗忘了，或者那个老头儿其实一直是在逗他玩儿；更糟的情况是，他的（无论是什么的）计划弄巧成拙了。

"我们不能用钱，"格莱登向他解释道，"我有信用点，好几百万。但除非迫不得已，我不敢动用我的账户。警察永远在监视。"这就只给他剩下了非常有限的几个选项——合法的选项就更少了——如果他打算践行诺言的话。

不过，最终，杰克听到了一阵沙沙声。为了预防万一，他向后退入阴影中。但从河岸远处的灌木丛间探出头来的，正是格莱登。他拿着一只皱巴巴的白塑料袋，里面装着一套灰色连体衣。价签还挂在上面，格莱登挤挤眼承认自己知道如何解除商店的防盗芯片。

杰克迅速换了衣服，把自己原本的衣物塞进袋里，藏到了灌木丛里面，万一他找着机会，还可以回来拿。

"是时候继续了，上校。"格莱登说道，"现在我们应该没那么引人注目了。我在几个街区之外有一间演播室。我们会让你在线直播，然后你就能向全世界讲自己的故事了。你的热情正是我们需要看到的。"

杰克无法适应格莱登的转变，他站直了，声音也更加深沉、自信。他现在看起来就像是另一个人。

格莱登带他攀上了一截半掩在灌木中、已经锈蚀的铁质楼梯，进入了一条藏在住宅楼后的昏暗小巷。他们走上大街，很快就汇入了川流不息的人潮。

"你一定花了不少心思来经营得风生水起吧。"杰克感叹道，他压低了嗓子以防被路人听到，"我的意思是，如果我听说的都是真的，你们到底做了多少节目？"

"能做多少做多少。"格莱登回答道。

"一定很不容易。"

"是不容易。最开始的时候只有几个人而已。我们是从出版地下杂志开始的，发行是最困难的部分——但随着接触到的人越来越多，有越来越多的人出手相助，我们取得的成果也就愈发显著。现在我们已经可以传播到世界的每个角落了。哦，我知道我们从技术上讲没法跟官方频道抗衡——我们经验不足，因为没人做过这种事情。没错，我们的特效很原始，布景有时候也不太结实，但没人真的在乎这些。他们只是想看故事而已。"

"那警察怎么办？我不过是在一些酒吧里讲了几个故事，他们就对我紧追不放了，那你的演员和节目主持人又是怎么应对的？他们不会被认出来吗？"

"你在那间商店门口有认出我来吗？"

"那个，实际上，"杰克坦白道，"我从没看过静电噪音台。"

格莱登给了杰克一个困惑的眼神，就好像他并不相信似的。"隐藏起来比你想象的要容易，"他说，"如果你知道自己在做什么的话。我们借助化妆和戏服来改变自己的荧幕形象。演播室里也会提供房间，所以他们如无必要就不用出门。但我们最大的助力在于其实人们根本不会去找，他们忙于自己可悲的生活，不会去想世界上可能还有别的什么东西。"

"是啊，好吧，"杰克说，"我们很快就会改变这一点了。"

"再说了，"格莱登得意地笑着说道，"我其实有个替身。电视上看到的哈尔·格莱登并不是我本人，上校，那是个演员。"

杰克皱起了眉头，"所以你也是在对他们撒谎咯？对你的群众撒谎？"

"为什么不呢？"格莱登乐呵呵地拍了拍杰克的背，"这不就是它的意义所在吗？随心所欲撒谎的自由。"

"有道理。"

"你知道这个世界叫什么吗？"格莱登问道，"哦，我可不是说什么殖民星球4378啥啥啥的，那只是一个代称，一个列表上的数字罢了。我指的是它的名字，探索宇宙的先驱们赋予它的名字。这个世界曾经被称作奥涅伊洛斯，你觉得如何？"

"朗朗上口。"杰克回答。

"来源于希腊，"格莱登说道，"来源于他们的神话。奥涅伊洛斯是梦境诸神，这个名字寄托着这块岩石星球对我们祖先的意义。他们把自己的梦想带到这里，留给了我们——绝不是为了让我们任其破灭的。"

他们进入了一片破败的区域，里面建筑凋敝，还有不少已被遗弃。墙上挂着一些夸夸其谈、保证这里很快就会重建的宣传标语。然而，与之相对，窗户却都封上了木板，道路上的砾石溅到了人行道上，无人清理的垃圾也堵塞了下水道。一盏街灯在白天间歇闪烁着，而视野中唯一的一块信息屏已经坏了。

尽管如此，交通情况却一如既往：驾驶员们寻找着超车捷径，或者在主干道的拥塞不通中稍事喘息。人们步行来去，而仍有一小堆一小堆以青年男子为主的人群，只是在漫无目的地四下游荡。

当他们悄悄溜过一栋老旧仓库的侧边时，没有任何一个路人看他们哪怕一眼。格莱登没说错。

一层有一排小小的半圆形窗户，其中一扇上面的木板是松动的，格莱登像拉开舱门一样拉开它，露出后面黑漆漆的空间，他扭动着钻进去,消失了踪影。杰克没等他发出邀请,便急忙跟了进去。

里面很黑,而且尘土弥漫。那扇让他们得以入内的窗户,现在位于他们头顶。阳光穿过窗户和一些木板的缝隙,偷溜进来,提供了唯一的光源,也描摹出了房梁上的银色蜘蛛网。有什么东西高大结实的轮廓在四周影影绰绰,等杰克的眼睛适应了黑暗,他发现那其实是大块木箱:有好几百个,全都随意堆放着。

仓库里四散着床单和虫蛀过的毯子,就好像有人睡在这里一样。杰克的脚踢到了一只空瓶子。

还有一个人影——他面白如纸,鲜红的嘴唇咧出一个邪笑。是格莱登的员工吗?但他为什么没出来介绍自己呢?为什么要藏在阴影里,一动不动一声不吭呢?

他就站在格莱登的身旁,但杰克不确定这老头儿到底有没有看到他。他的第一反应是推开格莱登,保护他。但随后他就意识到,那个人影根本就不是人,只不过看起来稍稍有些像罢了:那是一个沙包,上面挂着一张小丑的面具。杰克上去推了一把,它晃了晃,恢复成竖立的状态。小丑的笑脸仿佛是在嘲笑他。

许多箱子都破开了,杰克蹲下身去察看其中的东西。

里面都是玩具:色彩鲜艳的智能记忆橡皮泥、可用思维控制的飞盘和宇宙飞船模型。

"这是他们最后夺走的东西。"格莱登说道,"根据史书记载,曾经有过一场激烈的争论。有些人认为,孩子们至少可以在他们还能这么做时,去享受梦境。但大多数人担心这是在教给他们坏习惯。况且将生产玩具的工人们暴露在危险的创意中,也会造成健康和安全隐患。最终,玩具也被禁止了,但它们没有像故事书那样被付之一炬。接着政府也解散了。"

"然后玩具就全被封存起来,被遗忘了。"杰克总结道,"留在这里兀自腐烂。"不过即便如此,在某个时候还是有人挖掘出了这些宝藏。干得漂亮。

灰尘中摆着一盘桌游,显然是玩到一半就被扔下了,而逃跑的脚步把那些棋子和卡牌踢得散了一地。杰克找到了包装盒,在昏暗的光线中眯起眼睛读上面的文字:"噩梦:一个关乎人生的游戏,终极目标为在不发幻想疯的情况下获得成功。你能赶在噩梦来临之前,获得一套公寓和一份好工作吗?不适用于十一岁以上的玩家。"

他把盒子丢开,碰巧扔进了一个装着橡胶小黄鸭的箱子里。这可打破了安静——六只鸭子飞了出来,扇着翅膀在他们头顶呱呱叫嚷。他们花了惊心动魄的一分钟,才抓回所有鸭子并一一关停。

格莱登领着杰克进入了仓库深处,深入黑暗之中,直到他们找到一个足以装下两辆车的液压升降台。它卡在了齐肩高的地方,在天花板上留下一个长方形的空洞。几个箱子堆在升降台周围成了阶梯，便于他们攀爬上去，到达建筑的一楼。

等杰克站稳脚跟，他注意到周围的尘土已积了厚厚一层，仿佛这里已经有好几年没人来过了。附近还有更多的箱子，但它们也没被动过。他知道上面还有更多楼层，但他觉得这里多少也该有些生活居住的迹象了。不过，如果这里只是个备用演播室，也许它很久之前就建好了，只是此前并未派上用场。

老头儿显然对这里不怎么熟悉，跟刚才在下边的时候不一样。他不停地撞上箱子，摸摸索索地探路前行。"就在这附近什么地方有一道楼梯。"他嘟囔着，听起来突然没那么笃定了。

然后周围响起了脚步声和叫嚷声，还传来了亮光——蓝色的光。一切已经太迟了，警察找到他们了。

警察从仓库的正门进来了。杰克估计他们也许有什么超权限密码可以打开门锁。他并不知道自己和格莱登到底是被尾随了，还是终究有人留意到了他们进而通知了警方。无论如何，现在他们唯一能做的——就是跑。

他们沿原路返回，希望警方不知道他们的秘密入口，但这个念想被下面那片黑色制服涌上液压平台的一幕摧毁了。警察们纷纷举枪瞄准，蓝色的能量球击中天花板，震得灰尘如雨落下，他们又钻了回去。

这场光影表演照出了他俩的位置，警察们纷纷围拢过来，有人高喊着他们已经被包围了，唯一的出路就是举起手走出来投降。那人很可能说得没错。

格莱登惊慌失措，抖似筛糠，喘得上气不接下气。

杰克牢牢抓住了他的肩膀，说道："去演播室。如果我们要完蛋，也得在电视上完蛋。我们可以让大家都看看，这个世界的庐山真面目。"

格莱登呆滞地点了点头。

他们和追兵们在箱子堆里玩起了猫抓老鼠，把掩护的优势发挥到极致，没过多久，杰克估计他们已经冲出了包围圈。幸运的是，警察把大部分精力都放在了出入口，所以当他们终于看到前方的楼梯时，发现那里无人把守。

但他们的好运也到此为止了：一声粗哑的警告话音未落，空中突然弹火纷飞。格莱登被击中身侧时发出一声惨叫，杰克不得不扶着他跑进了封闭的楼梯井。那里可供掩护，但坚持不了多久。他们尽全力往上爬，但格莱登已经喘不上气来了，他用力按着自己的瘀青，牙关紧咬。杰克痛苦地意识到，穿着靴子的脚步声正离他们越来越近。

除此以外，还有另一种声音——发动机的嗡鸣。

"是电梯！真见鬼，为什么不告诉我这里有台电梯？"

"得有钥匙卡，"格莱登喘着气说道，"我们打不开它。"

"但警察可以，他们一直跟在我们后面，现在都能前后夹击了。"

"我……我觉得我需要……我真的需要躺一下,上校,就一分钟。刚才那一枪……是我运气好,他们错开了主要神经丛,但是……我感觉不到我的胳膊了。"

杰克做出了一个决定。他又往楼梯下面跑去,这顿时让格莱登面露警觉。杰克在第一个拐角停了下来,背靠墙面等待着,倾听着,无声地倒数着。

第一个出现的警察专注于格莱登,杰克猛扑上去,让他重重撞在了楼梯上。他边挣扎边开了三枪,格莱登赶紧寻找掩护。但杰克成功地从对方手中夺下了武器,然后后退一步,开了枪。

他瞄准的是那个警察的脑袋上空——毕竟没时间检查枪是不是设置在击杀档了。但这一枪还是达到了预期的效果,让那警察的身影消失在了拐角。杰克又砰砰砰朝墙上补了三枪以防万一。随后他回到了格莱登身边,匆匆扶他站了起来,拖着他继续往上爬。

电梯停在了他们上面几层楼的地方。

"还有多远?"杰克问道,"你的演播室在哪儿?"

"四……四楼。"格莱登嘟囔着说。

还有一层半,杰克不确定自己能否在被格莱登死沉的身子压着的情况下坚持到那里。但即便如此,他也不能就这么扔下对方。

又转过一个弯,他看到了通往四楼的门。然而靴子的踢踏声正从楼上逼来,身后的脚步声也越来越近了,不过它们听上去似乎比之前更加警觉。

光圈照亮了前方的墙壁——是手电筒的光。上方的警察比他们离门更近，会抢在他和格莱登之前赶到门口。他看了看自己的枪，发现它并不比自己曾经在家乡接触过的那些先进。让它的能量过载非常简单：那是一个相当常见的设计缺陷，却自有它的用处。

他把武器扔上楼梯，控制好角度让它弹进了警察的视野。他大吼着让格莱登趴下，却又做出了相反的举动，继续拖着格莱登向上爬。当警察意识到那把枪并不会爆炸的时候，他和格莱登已经抢先赶到了门口。

杰克想过就把枪扔在那儿，毕竟他不可能在不进入射程的情况下把它拿回来。然而这是他唯一的武器。也许它只能再拖警察几秒钟，但每一秒都弥足珍贵。他扑过去捡起枪就走，电光火石间瞥见了楼梯井里挤满警察的画面，他们因他的短暂出现大吃一惊措手不及，且还没从炸弹的恫吓中恢复过来。

终于冲进门里时杰克满心狂喜，那里面……

那里面……空无一物。没有演播室，没有木箱，只有一片空旷铺展在他面前。

他继续向前，因为他无法相信眼前所见。这里一定有间密室或一部秘密电梯之类的。一定有点什么东西在什么地方，不然的话……

不然的话……

他手足无措地在房间正中停下了,听到楼梯井传来一阵拖沓的脚步声时,便想也没想地往那个方向开了三枪,想要逼退对方,尽管现在看来这么做也没有多大意义了。他现在能透过四周窗户上的木板缝隙窥见外面,而格莱登已经跪倒在地,正抱着杰克的腿笑得歇斯底里。

"它在哪儿?"杰克焦急地问,尽管他现在已经对答案心知肚明,"你说这儿有个录音棚的,它在哪儿?!"

"就在这里呀,"流浪汉窃笑着说道,"就在我们周围呀,你看不到吗?那边是灯,摄像机在那里,那里,还有那里。我们已经上直播了,整个世界都在看着我们,你会告诉他们的,对吗,上校?你会告诉他们事实真相,而我们再也不会被忽略了——因为我们出名了,对吗?我们会出名的!"

杰克放下枪,叹口气把它踢开了。

警察们小心翼翼地包围过来,怀疑这是个陷阱,但还是靠近了。他们围成一圈,全都举枪对着两名逃犯。

杰克上校举起了双手,那个自称是哈尔·格莱登的男人也没在笑了。

当四名警察走上前来将他俩拉开的时候,流浪汉又一次恐慌了起来。

"上校,别让他们这么做!你为什么光站在那不动呢?你说了我们不会有事的，你说了如果我跟你一起走，你就能解决所有问题的。"

杰克避开了他的视线，目不转睛地盯着地板。他感到恶心，无法面对背叛了自己的人，也不想告诉他自己在想什么。因为他知道这实际上并不是老头儿的错——他病了。所以杰克只能自我厌恶，因为他没能及时看出问题。

"你有权保持沉默，"有人粗暴地在他耳边吼道，"但你说的任何事最好都是事实，否则有你好受的！"

他们被铐上喷雾手铐押往楼梯，杰克顺从地保持着沉默，而流浪汉害怕得说个不停："听我说，你们抓错人了，不是我的错。都是这个家伙……都是他，他跟我说他是一艘宇宙飞船的船长，我以为……我知道他发了幻想疯，但他逼我跟他一起走，还逼我给他偷东西。他有把枪，不肯放过我。他说他要把幻想传遍整个世界，但我没有听他讲的故事，我没有。你们不能带我去大白屋，我可没做错什么。我知道在那里他们会对你做什么，我受不了那个的。我宁愿去死，你们听到了吗？我宁愿去死，这可是真话！"

9

多米尼克从来没有遇到过像罗丝·泰勒这样的姑娘。在工作中,他每天都要跟好几打女人说话,而她们中的多数人都大同小异:自我中心、爱答不理。他的同事们下班之后都会直接去酒吧,去了之后就站在里面,也不聊天,只是随着让人难以忍受的鼓点摆动着身子。那里的音乐没有旋律,也没有歌词。它唯一的目的就在于掩盖现实,而多米尼克知道音乐本可以有更多其他的作用。

他无法用其他人那样的眼光来看待这个世界,他们却因此而嘲笑他。他们管他叫狂人,也许在背后还会用更难听的字眼叫他。他们中的一些人——多米尼克在靠近他们时能从对方双眼中看出,也能从当自己出现时他们突然中断的谈话中听到——害怕自己,害怕有一天他也许会疯掉。

加入阅读小组的时候,他曾希望找到一个灵魂伴侣,找到一个可以跟他用同样的视角看待世界的人。

最开始,他遇到了曼达。疯姑娘曼迪,他们以前都这么叫她。

她从没有受过将灵感写成故事的训练,但感觉来了的时候,她就会带着一系列从天而降而且一个比一个天马行空的故事成为焦点,完全沉迷在幻想当中,让多米尼克为她的独角戏凝神屏息。

他发现只要她跟自己一说话,自己都会像舌头打结了一般。她好像掌握了多米尼克仍然在试着学习的东西,而且似乎已经得心应手了。

但渐渐地,她的故事彻底失去了现实的根基,它们逐渐变得冗长而杂乱、毫无章法——那漫无目的的幻想,除了她自己,谁也不明白。到现在,当其他人叫她"疯姑娘"的时候,语调里藏着更多的是担忧而非仰慕。

终于有一天,疯姑娘曼迪砸了一家餐馆。她举着一条桌腿威胁整个餐馆的顾客。店员们试着按住她,但是——根据他们后来在电视节目里的说法——她的力气有十个人那么大。最终,在绝望下,厨师举起了刀。

曼达到最后也笑个不停,在浑厚有力的笑声中被推上了救护车。她在去医院的半道上的交通堵塞中死去了。

多米尼克逃避了阅读小组整整一个月——他花了这么长时间才最终接受了这整件事。媒体揪住这件意外不放,把它当作宣传幻想危险性的案例……但事情不是这样的。本来最初就是危险引诱了她。她对故事本身并不感兴趣,只是迷恋用自己的神智做赌注的战栗快感罢了。就算幻想没有害死她,她也会找到别的方法让自己命丧黄泉。

至少，多米尼克是这么说服自己的。

在那之后，多亏了新闻频道，他们知道了更多关于疯姑娘曼迪的事情——她的父母和一连串糟糕的男朋友。他们渐渐明白了她为什么那么害怕现实。

与此同时，多米尼克回到了阅读小组，遇到了娜塔。惹人怜爱又甜美动人的娜塔，年仅十七岁，她是那么局促羞涩，惴惴不安地讲述每一个故事，就好像总觉得自己在做什么罪大恶极的事情。有几次多米尼克不得不竭力劝她不要离开。她之所以留下来，是因为她说爱情故事总是让自己内心融化。她曾写过一个爱情故事，并在大声朗读的时候哭出了声。她也没有读过多米尼克的故事，因为觉得它们太过暴力了。她一直害怕自己会落得跟曼达一个下场。

她和多米尼克接过吻，就那一次，那时他不确定娜塔到底是在亲吻自己，还是在亲吻某个理想化的浪漫男性英雄的幻影。

现在娜塔在医生那里了。他们会让她觉得自己是个罪人，而她明明没有伤害过任何一个人。哪怕她从大白屋里出来，多米尼克也明白自己再也不会见到她了。

现在他遇到了罗丝，她是多米尼克一直以来梦寐以求和心向往之的一切：聪明、热情而自信。她就这样以多米尼克永远不敢的姿态一头扎进幻想当中，取其精华去其糟粕，从中汲取力量而不受其所制。她和疯姑娘曼迪的不同之处，在于她仍然知道什么是真的。她掌握了两个世界的平衡，看上去还毫不费力——直到现在。

直到——让多米尼克惊恐不已的是——罗丝·泰勒在他眼前崩溃瓦解，直到她开始对着空气挥舞一截木头，还大喊大叫。她眼里出现了那种狂乱又惊惧的神色，还左右扫视着四处寻找想象中的危险。

她发幻想疯了。所以新闻频道终究没有说错。还有别的那些女人……生平头一次，多米尼克真正明白了她们到底在害怕什么。

他试着告诉罗丝那里什么都没有，院子是空的。但她听不进去。他抓住胳膊想把她拉开，却被挣脱了。然后她猛地转过身来，因如释重负而神采飞扬，她大声喊出一个词来："博士！"

她走向背后的金属楼梯，在意识到多米尼克只是目瞪口呆地看着自己的时候又折返回来。她抓起他的手，把他拉上了楼梯，但不一会儿就停了下来，仿佛有什么东西挡住了路。"不，"她警告道，"别碰它！"随后又一次瞪大双眼环视四周。

楼梯是转折式的，罗丝爬上扶手，跳起来去够上面的那一截。她抓住了，敏捷地攀爬了上去，然后她转过身去拉多米尼克，在发现他竟就这么顺着楼梯跑上来时，惊恐地喊了一声他的名字。有那么一会儿，她的脸上疑云密布。

"好的，博士，"她叫道，"我们来啦！"

罗丝用肩膀撞开了入口,他俩闯入了一个又小又乱的储藏室,之后又进入了一个办公区。在那里,他们碰到了一个看起来一本正经的女人,她从座位上跳起来质问他俩是谁。"没时间解释了,"罗丝说道,"快出去。让所有人都出去!后面有僵尸!"话音刚落她就走了,把多米尼克留在了身后。他嗫嚅着挤出一句尴尬的抱歉,赶紧也追着她去了。

他在楼下追上了她,那是一条通往若干个门的走廊,估计那里面是更多的办公室。

她绝望地抓住了多米尼克,"他去哪儿了?你看到了吗?"

"谁?"

"博士!"

"我没见着任何医生呀。"

"你以为我们是怎么逃出来的?全靠他在楼梯上,用了他的音速起子,还……我不知道,估计是在迷惑那些僵尸之类的。"

"我没看到任何……僵尸。"什么僵尸?

"你难道是闭着眼走路的吗?"

"我的意思是僵尸是不存在的,是你想象出来的。"这都是他的错,都是因为他的漫画。是他把那些图像植入了罗丝的大脑。

她看上去并不相信多米尼克,"你也听到它们了,你说过的。"

"我听到的是警察,我以为他们在跟踪我们。但那只是假想出来的啊,罗丝。"他摇晃着她,仿佛他能把她摇回现实,"你还没明白吗?没有警察,没有僵尸,也没有医生……"

他以为自己已经说动罗丝了,然而这会儿她忽然又挣脱了出去。

"博士可不是假想出来的。你在做什么?为什么要把我弄糊涂?我现在没办法准确思考了。"

"好吧,"多米尼克说道,"好吧,你正在接受治疗,我明白了。那么告诉我位置吧,告诉我这个医生的诊所在哪里,然后我们就可以过去了。我们会得到帮助的。"

"我也不知道在哪里。"罗丝坚持道,"他刚才就在这儿,现在却不见了。"

"他刚才没在这儿,我没看到他。"

"塔迪斯!我可以带你去看他的塔迪斯!就在城外的丛林里面。来吧,到时候你就会相信我了。塔迪斯,那是博士的飞船。"

"他的飞船?那么,那个'杰克上校'又是谁呢?"

"博士在时空中穿梭,他和怪物斗智斗勇。曾经有一群活生生的塑料橱窗模特想要杀我,博士在场,我们还穿越到过去和未来……"

"听听你自己在说什么,罗丝。听起来没毛病吗?听起来像是真的吗?"他昨晚是不是也是她这模样?他还一直认为自己能够应付,但现在……

"它们都是真的,多米尼克。我能闻到它们的味道,就像烂水果一样。在我爬上楼梯的时候,上面那只僵尸甚至让我毛骨悚然。"

"忘了那些僵尸吧,罗丝。我……我在电视上见过这种事情。他们会给出一些建议,他们说你应该……你应该专注于真实的事物,专注于你全心信赖的事物。"

"就是博士啊。"

"不是他。我是说你的家,你的家人。想想他们,其余什么都别想。或者……或者是……那边的桌子。那张桌子是真的,罗丝。你能看到它,我也能看到它。把注意力集中在桌子上吧。"

"家!"罗丝嚷道,她在口袋里翻找着,"我可以给家里打个电话。我可以跟妈妈谈谈。她会明白的,她会告诉你的。她也见过博士,我可以证明给你看,我可以证明他是真的。"

"这到底是什么玩意儿?"在罗丝掏出一个盒子似的、跟电视遥控器没什么两样的设备时,多米尼克问道。

"是我的手机。我的……呃,可视电话,只不过不'可视'。"

"它都快跟砖头一样大了!"

"等着瞧瞧它的能耐吧。"

她按下了几个键,然后举起手机,让他俩都能听到接线的铃声。它重复响了八次，在咔嗒一声之后，一个疲惫、沙哑、不太耐烦的声音说道："喂？"

"妈，是我。"

一阵长长的沉默。

"罗丝？罗丝，你这是怎……你在哪儿？你知道现在几点吗？"

罗丝咧嘴笑了，几乎要流下泪来，"妈，我都不知道你那边是几号。"

"他带你回家了吗？告诉我他带你回家了。"

"妈，听我说……"

"不过，就算他带你回来了，我肯定也是最后一个知道的。卡迪夫啊，罗丝。上高速就能到，你完全可以给我打个电话的。"

"我可以在任何地方给你打电话，比如这里。"

"我看到米齐了。你对那个可怜的孩子做了什么，罗丝？我是说，也许我之前跟他没怎么接触，但他为你经受了太多太多。"

"我知道，妈……"

笑容凝结成了怪相，罗丝把手机贴到自己耳朵上，这样多米尼克就听不到电话另一头的声音了。接下来的一分钟里，她只是不耐烦地听着，时不时想要插上一句。

最终，她说道："就只是……我需要听听你的声音……不，妈，什么事都没有……听着，我得挂了……是的，是的，要不了多久，我保证。再见，妈。"

说完她就挂了电话，双眼无神地盯着屏幕。

多米尼克觉得自己应该说些什么，但他犹豫得越久，开口就越难。最后，他唐突地问道："这个米齐……是你男朋友吗？"

"不再是了。"罗丝叹了口气说道。她深深地吸了口气，再度开了口："我现在知道什么是真的了，多米尼克。妈妈是真的，米齐是真的，僵尸……不是真的。我现在明白了，但是刚才……"

"那位医生呢？"

"他是我生命中最真切的，毋庸置疑。你是对的，我们得找到他——但他可不是在什么诊所里，我也不会跑回塔迪斯那里去。旅店！我们应该回到旅店去。"

在穿过旅店大堂的时候，多米尼克感到一阵战栗窜过背脊。他们在电梯外面撞上了一个清洁工，多米尼克本以为这会引起对方的警觉，但那人就这么走了过去，看都没有多看一眼。昨天晚上，这栋建筑里还阴影密布、危机四伏，但它们都是幻象。今天，同样的走廊，同样的房间，却昏暗破败又平凡乏味。

"你知道吗？这个世界曾经有个名字。"

"真的？"

"它曾经被称作'发现'——因为对于先人来说,这颗星球就是他们的发现,一个全新的、独特的事物。我多希望能活在那个时候呀,那时的生活就是一场探险。不像现在,生命不过是从出生到死亡的过场罢了。"

在罗丝的房间里,他们找到了她给博士留的便条,它动都没被动过。没有任何迹象表明他曾经回来过。

"如果他也被他们得手了呢?"她担心地问道,"如果他也被逼疯了怎么办?我是说真的,多米尼克。无论谁是幕后黑手……如果说谁能找到怪物,那非博士莫属。如果他也被抓住了的话……"

"真实的事物,罗丝,"多米尼克竭力提醒她,"专注在那些东西上!"

"博士是真的!"她坚定地自言自语道。

多米尼克打开了电视,又开始摆弄调频按钮了。

"你觉得这是个好主意吗?"罗丝问道。

"哈尔·格莱登会知道该怎么办,"他说道,"他会把一切都理清楚。"

"……哈尔·格莱登……"电视里这么说着,仿佛回声一般。

"是这个吗?"罗丝问道,"这是静电噪音台吗?"

"我不觉得……"多米尼克正盯着一个看起来非常眼熟的新闻播报员和新闻八台的台标。但刚才听到的那句话,可不是他想象出来的……是吧?

"……在剧中警察被描绘成腐败且不知变通、心怀不轨的怪物。长期经受这类虚构幻想的累积影响……"

他抓过遥控器,一个个翻过官方频道。

"……他非常危险,外貌未知……"

"……会易容乔装……"

"……格莱登……"

这不可能,他的心脏在胸腔内狂跳不止。

"……是个艰巨的任务,有些人必须知道……"

"……必须被逮捕,否则我们的……"

"……哈尔……"

"……暴力行为爆发,从……"

"……呼吁各位观众不要听信他的谎言……"

"到底是怎么了?"罗丝问道。

多米尼克咽下了口水才能说话。他无法相信这一切,几乎不知道要怎么开口。"他做到了,他……他上了新闻。哈尔·格莱登上了新闻!"

"然后呢?我以为每个人早就知道他了?"

"是,当然……当然了。但你不明白吗?现在他的存在被官方承认了。这么多年来,警察和媒体一直就当没他这人,假装静电噪音台并不存在,哪怕每个人都知道……现在好了,你看看,罗丝。看看现在怎么样了。每个频道都在讲哈尔·格莱登。"

罗丝这才开始明白。她走到多米尼克身旁跪下,和他一起着迷地看着电视。

"我明白了,他们以为只要对他的事保持沉默,他就会销声匿迹。"

"但这没用。消息总会不胫而走,他也只会变得越来越有影响力。"

"所以他们现在没办法继续无视他了。"

"他们把他摆到台面上来了,他们让他成为真实的事物了。"

"这样他们就能和他斗法了。"

多米尼克盯着罗丝,为自己居然没能发现这个简单的道理而震惊不已。这是宣战,当然是了。哈尔·格莱登还说得不够多吗?他说过,是时候"推翻这个警察极权……去向往所有不被允许的梦想"了。

多米尼克满腹不安,他又重新有了第一次看静电噪音台时的感觉:仿佛未来不再是一条一成不变的道路,而突然成了一个令人心潮澎湃又惶惑不安的地方。各种图像接连闯入他的脑海:关于自由、选择和冒险;关于人仰马翻的混乱和血流成河的街面。他让自己抵制它们,转而集中精力于真实的、他相信的事物上。

找到静电噪音台,找到哈尔·格莱登,找到真相。

罗丝溜出去时他几乎毫无察觉。"去洗手间。"她解释道。

最初,屏幕上只有一个模糊的重影,但在多米尼克巧妙的调整下,图像突然对上了焦,清晰了起来。有两个人,都是跟他差不多的青年男子,坐在沙发上面对着屏幕。这一定是静电噪音台:没有台标就很能说明问题了,况且他们也都为了不被认出来而戴着巴拉克拉法帽[1]。多米尼克知道这个节目,这是格莱登最受欢迎的节目之一。它属于一种叫作"情景喜剧"的古老表演形式,但它紧跟时代,对媒体的影响力进行了微妙却有力的讽刺。节目的名字叫作《看电视的人》。

"这难道不好笑吗?"左边的人评论道,"在电视上你只能看到警察逮捕危险的罪犯,从来就看不到他们把人推下楼梯,然后开枪打死——就因为看人家的脸不顺眼。也看不到他们啃甜甜圈,我们可都知道他们永远吃个不停。"

这番言论赢得了一阵看不到的观众们歇斯底里的笑声。

"我可没注意到这点,"另一个人说道,"大概因为我是个被洗过脑的僵尸吧。"

"你在干什么?"

这个声音是多米尼克身边多了个人的第一个迹象,他没听到

---

[1]. 一种遮住头部和大部分脸部、只露出眼睛(有的也露出鼻子和嘴)的帽子。

门打开的声音,仍然沉浸在电视的图像里,他心不在焉地嘟囔了一句,"我在看'静电噪音'。"

"我看出来了。罗丝和杰克在哪里?"

这个问题比上一个难点儿,多米尼克必须好好想想——这把他拉回了现实,直至此刻才恍然意识到自己究竟在幻想中沉浸了多久。

屋里多了个陌生人。多米尼克跳了起来,惊慌不堪。

"罗丝和杰克,这是他们的房间,也是我的。我是博士,你一定就是多米尼克吧?"

"你是怎……怎么……"

"因为这张便条就在门下面,上面写了是给你的。所以?你不想读读它吗?你识字,对吧?"

"我当然识字……这是个测验还是什么?我当然能阅读,阅读是被允许的。我们可以看杂志和……"

"便条。"博士慢慢地说道,就好像在跟一个白痴说话似的,"我认识这个笔迹。罗丝可能会有危险。"

多米尼克从他手里接过那张纸,打开了它。信头的位置是酒店地址,下面是用老式圆珠笔匆匆写就的三言两语:"跟博士一起去找怪物了。不用等我。R"

在最下面,有句仿佛想了一想才加上的话——"瞧见了吗?他确实是真的。"

10

前往大白屋的行程一路沉寂无声。

杰克坐在囚车后部的一条木制长凳上,挤在两个警察中间。那个自称哈尔·格莱登的流浪汉在他对面,正兀自抽噎着,回避着杰克的视线。刚开始时杰克还觉得生气,但随着时间流逝,同情占了上风。当他最终开口——为了缓和一下气氛——一个警察却用胳膊肘捅了捅他的肋骨,厉声说道:"不许在这儿撒谎!"

随着空气喷射器的轰鸣声渐渐停下,他们着陆了。流浪汉满脸惊惧面如死灰,眼看快吐出来了。他身体僵硬无法动弹,只能像尊雕塑一样被抬下去。

相反,杰克却决意维护自己的尊严。他的双手仍然被绑着,需要有人帮忙才能站起来——但他自己跳出了车,与押送者拉开了一些距离,以此表明自己可以独立行走。

被一堆媒体团团围住的时候,他吃了一惊。

空中飘满了金属制的球形摄像机,它们绕着杰克的脑袋嗡嗡作响,镜头全对准了他,周身还都支棱着麦克风。自动灯光设备争抢着位置，纷纷调整反光板的角度以便把光束打到他的脸上。杰克几乎要被闪瞎了，只能模糊地看到记者和摄影师们被人手不足的警方勉强拦住。然后，随着一片越发高亢的嘈杂人声，他的耳朵也跟着遭了殃。

"……从大白屋发来的现场报道……"

"……认知分离患者之……"

"……警方刚刚押送来了臭名昭著的'盔甲鲨鱼骗子'……"

"……被控二十三条与幻想相关的罪状……"

"……他暗藏杀机地妖言惑众……"

"……不在乎自己会伤害谁……"

"……再也见不到阳光……"

他几乎要受宠若惊了。

前面有个健美的女人正对着摄像机喋喋不休："接下来我会争取跟这位丧心病狂的罪犯进行一段简短的交流，找出是什么促使他导致了第Ⅱ-Ⅸ斐区有史以来最耸人听闻的故事骚乱。"金发女人翩然回头面对着杰克，问道："不好意思，先生，你有什么想要对新闻八台说的吗？你将要接受针对那些令人作呕的毛病的治疗，对此你有何感想？"

"我没有毛病，我所说的一切都是真……"

她完全无视了杰克，转回身去面对着镜头说道："好的，就像你们刚才听到的，我们的音效师不得不给囚犯的谎言做消音处理。盔甲鲨鱼骗子也许已经受到了正义的制裁，但他似乎仍然在竭力制造混乱。朗达·米丝怀特，新闻八台，在大白屋为您现场报道。"

然后杰克就又回到警察手里了，他毫不反抗地被钳制着押过这片群魔乱舞。

押进了疯人院里。

进入大白屋几乎是个解脱。诚然，里面要安静得多，但也有更多人正等着他的到来：穿着黑色连身衣的护理员们全身紧绷地站着，活动着自己的拳头，时刻准备只要他显露出哪怕一丝轻举妄动就立马出击。

杰克纹丝不动，他记得自己听过的关于这个地方的传闻，还有那些在以太网读过的描述，知道这里的职员可以让他遭受所有令人不快的治疗，只要他们想。最好的做法就是扮演一个模范病人，不给对方落下任何口实。

至少在拿回自己的物品并且想出一个对策之前，都要假装配合。

流浪汉不知道被带去了哪儿。显然，在杰克被围追堵截的时候，他已经被推了进来。

一个看上去疲惫不堪、穿着白大褂的男人匆忙走了进来，向警察们自我介绍说是护士卡尔·泰科。他把他们给的一些基本信息——杰克的名字、罪行和逮捕警官自己的名字——输入平板，全程都没有看杰克一眼。

"杰克·哈克尼斯先生。"他边念边写。

"上校，"杰克纠正道，"是杰克上校。"

"老地方？"一个警察问道。

泰科先点了点头，然后忽然顿住，"不。不，恐怕现在没有空余的接收间了。最近你们可让我们忙得够呛。"

"你就不能腾一间出来吗？这可是条大鱼，你一定在电视上见过他了。随时都有可能暴起。"

"实际上，"杰克尖锐地指出，"我没有伤害任何人。"

"那是你的看法！"另一个警察粗声吼道，"我妹妹就在你散播谎言的酒吧之一里，如果她发了幻想疯的话……"

"我的意思是，"杰克继续对着泰科说道，"我没有使用过任何暴力。在被逮捕之后我一直十分配合，在场的警官们都可以为我作证。"

泰科对负责押送的警察们扬起了半边眉毛，其中几位不大情愿地点了点头。这可是个好消息，不能说谎的原则也适用于对方。

护士用一支电诊笔照了照杰克的眼睛，自顾自地点点头，然后在平板上添了几笔，随后便把它转向了杰克。

"你看到了什么？"

平板上显示着一个不规则的黑色图像，在杰克看来像是一艘宇宙飞船正绕着一个新世界飞行。

"这是张罗夏墨迹测试图[1]。"他说道。

"那这个呢？"

泰科用手指划了一下，屏幕上的图案就变了。这次看上去像是个古铜肤色的猛男正倚靠在日光浴椅上。

"啊，是的，"杰克一副了然的模样，"我知道这是什么，另一张罗夏墨迹测试。它看上去什么也不像，就是个随机的图形。"

泰科赞许地微笑着拿开了平板，说道："我认为以你的情况来说，哈克尼斯先生，稍微放松点规范操作也并无大碍。我会让看护带你去公共活动室B，在那里等我腾出时间来为你做入院检查。"

"你确定吗？"一位警察（有妹妹的那个）抗议道，"把他和其他人放在一起？如果他又——你知道的——对其他人说谎呢？"

"在我们这儿，病人们必学的事情之一，警官，"泰科彬彬有礼地说道，"就是如何抵御他们很有可能会遭遇的各式幻想。"

---

[1]. 由瑞士精神科医生、精神病学家赫曼·罗夏创立，是非常著名的人格测验，也是少有的投射型人格测试。

"我能跟你聊聊上帝吗？"

杰克吃惊地抬头——自从他被带进活动室以来，里面的那几个分别穿着睡裙或睡衣的病人还没有谁跟他说过一句话。他独自坐在桌前，沉思着，几乎是刚刚才注意到这个满脸热忱的年轻女人坐在了自己身边。

"你可以跟我聊任何你想说的事。"杰克回答道。

"他是真的，你知道吗？"

"我相信对你来说他是真的，这才是最重要的。"

"他是唯一真实的事物。而剩下的那些，世界也好，宇宙也罢，都不过是他的一个宏大的梦。如果我们忤逆他，如果我们破坏这个美梦，他就会醒来，彼时万物都将终结。这就是为什么我们自己不能做梦。"她说完便鬼鬼祟祟地四处张望了一圈，好像说出这些话已是罪不可赦。随后，她把自己又长又直的头发从脸上拂开，用周围的人都能听到的音量对杰克耳语道："因为那就意味着我们把自己摆上了神坛，那么做可是渎神的。"

"唔，这是你的看法。"杰克说道。

"我们周围的所有人，都有罪，都是因为他们竟自己做了梦才到这儿来的。你也是罪人吗？"

杰克的脑海中闪过各种不同的回答，无一例外轻率无礼。他克制住自己的想法，只是简短地回答了一句，"我不认为我是。"毕竟，有人正在监视他：公共活动室有两扇门，每一扇上都装有一个监控摄像头，还有穿黑衣服的护理员守在门边。

其中一扇墙被一整块电视屏占据了，这不用多说。大约一半的病人都看着电视，并入迷不已。一个男人盘腿坐在地上，低声唱着歌。一个女人吃吃笑着，胡乱随意地叫嚷出一些词语来，大概每分钟有那么两个。

"这就是我为什么在这里，"信教的女人向他吐露道，"我的使命，便是拯救他们。"

"我以为你也是个……"他本来想说"犯人"，但还是换了个词，"……病人，就跟我们一样。你可穿着睡衣呢。"

女人悲伤地点点头，"他们也这样认为——然而一切都是上帝的旨意。他们说我不应该谈论他，因为他们无法证明上帝真的存在。但他确实存在，他会跟我说话。他就想让我来这里。"

"他们没有权力这么做，"杰克生气地说道，"你有权选择自己的信仰。"

"鱼！"那个咯咯直笑的女人喊道。

"上帝希望我能帮助他们，引领他们进入光明。他们自以为在给我呈现真相，但事实正好相反。"

"但如果——"杰克确认看护们都没有盯着这边，随后便压低声音接着说道，"如果我们能做得更多呢？你难道不想从这儿出去吗？去外面继续你的使命？"

她果决地摇了摇头。

"但如果这里是……呃,是由罪人管理的……人们一定会有所谈论。我是指其他的病人,你一定听到过他们讨论如何逃出去或者改变现有管理制度,对吗?"

"啊,没错——他们在角落里窃窃私语,计划着如何出逃,这样他们就可以接着做梦,继续违背上帝的旨意了。我每次听到他们密谋都会报告给护士,他不会让他们得逞的,你明白吗?他们不能离开这里,他们属于这里。我们都属于这里。"女人坐了回去,双臂抱住自己,眼中满是悲伤。

"鬼扯!"那个咯咯笑的女人又喊了一声,恰如其分地概括了杰克此时的想法。

"你为什么觉得我在撒谎?"

杰克靠回自己的椅子里,装出一副毫不在乎的样子,犀利的眼神却牢牢锁住审问者。

他们正在大白屋中央主楼三层一间小小的办公室里,与杰克隔桌相对的泰科疲倦地叹了口气,说道:"你说你不是在这个星球上出生的。"

"这是真话,你能找到任何我的记录吗?"

"我认为,实际上你给我们的是个假名字。而这本身就能说明,你至少在某种程度上跟现实脱节了。"

"我是杰克·哈克尼斯上校,你是卡尔·泰科护士,这里是殖民星球4378976德尔塔四号。你瞧，我跟现实一点没脱节。"

"我们有你的扫描信息，哈克尼斯先生。我们会找到你的记录的。"

"找不到的，你明白吗？你到底有什么毛病，卡尔？为什么要你相信会这么难？又不是说这个世界从来没有接触过外来文明，你们可是从地球搬来这儿的。你们明明有关于星际旅行的纪录片。"

"自建立以来，还从来没有外人涉足过这个世界。"

"我可不觉得惊讶，如果这就是你们的待客之道的话。"

"我认为你的故事都是痴人说梦。"

"这不还是'不可能'的意思吗？"

"法律条文你一清二楚，"泰科说，"你有责任去……"

"证实它，没错，没错。放我出去我就能证明给你看。我是认真的，我可以带你们去看我的飞船，要是你想，还可以带摄像机。"

"这样下去不会有结果的。"泰科烦躁地说道，"我需要你告诉我地址。"

杰克耸耸肩，"没有。"

"信用号码。"

"也没有。"

"你知道吗？现在给你扎上一针也还为时不晚。我随时能把看护叫来。"

"为什么?我一直都很冷静,也在回答你的问题。"

"没错。但如果抑制住你那些稀奇古怪的梦,也许你就想要如实回答我的问题了。"

"我没在白日做梦,想知道为什么吗?"

泰科叹了口气,抬起一只手挡住了眼睛,"告诉我为什么吧,哈克尼斯先生。"

"叫我上校。我没有做梦的原因是我根本用不着做梦,因为我所有梦想都已成真。你那么热切地想知道我的童年,好吧,猜猜看我小时候的梦想是什么?当一个一流的骗子!我想要浪漫,想要魅力,想要冒险,还有追逐的快感。你知道后来怎么样了吗?我得到了一切,但它们比我曾经梦想过的美好得多。"

"哪怕我相信你,哈克尼斯先生……"

"上校。"

"哪怕我相信你,这些话也不能为你的行为正名。你没有向公众散布这些故事的权力。当真相大大超出听众自身的经验范围时,它们就跟谎言同样有害了。"

"是,我明白你的意思,真的。所以带着摄像机去我的飞船上吧,我们可以向整个世界直播证据,让他们自己来眼见为实。来吧,卡尔。你认为我伤害了那些人,那就让我来拨乱反正吧。把图像给他们看,这样他们就不必自行想象了,不是吗?"

"这几乎不可能，我真的没有那个权力……"

"没错，我打赌你没有——因为这就是你最不希望见到的那种事，是不是？你、警察、媒体……你们告诉所有人幻想是危险的，但真相其实是你们不愿让人们有所思考，不愿让他们去想那些自己没有的东西，无论那些东西是真是假。"

"而你认为这是为什么呢，哈克尼斯先生？"泰科一本正经地问道。

"因为你们想让他们循规蹈矩、安分守己。这里也许没有政府，但我敢肯定一定有人富得流油，而剩下的人却自甘认命，从来不争取更多。"

"你也见过一些我们的客人了。他们在你眼里是理智的吗？他们看起来没有跟现实脱节吗？那个跟你一起被带进来的先生呢？他又怎么样呢，哈克尼斯先生？"

"跟你说过了要叫我上校。然后……好吧，我不知道。也许你们对他们做了什么，也许……"

泰科抓住了杰克话中的破绽，并正中红心——自从发现"哈尔·格莱登"是个冒牌货以来，杰克的信心就愈发摇摇欲坠。

"你肯定也发觉自己听上去有多么偏执多疑了吧。"

"那不过是我还没弄明白所有问题而已——但有一件事情我非常确定，我知道做梦这种事完全无可厚非。"

"你一直在做的就是这个，是不是，哈克尼斯先生？做着梦，描绘着不存在的事物、不真实的事物。也许你一直在读太空先驱们的资料却忽视了警告,你畅想着如果能跟他们一起飞翔将会是什么感觉,也许你一直在看静电噪音台。你一直在用自己的右脑,是不是,哈克尼斯先生?你也知道右脑是不应该使用的。"

不知怎的,在他的言行举止仍保持着斯文有礼的情况下,泰科的形象却似乎变得邪恶了。

"那你呢?"杰克问道,语气更为通情达理,"你一定每天都能听到跟我讲的那些类似的故事。如果幻想如此骇人听闻地危险,你是怎么扛过来的?"

"靠思维上的自律,哈克尼斯先生。"

"这个我也能做到。"

泰科充满怀疑地盯着他。

"跟我说句谎话,"杰克说道,"任何谎话,然后你就能看到我不会相信它。"

泰科若有所思地点点头,"我认为这也许是句真话。"

杰克急不可耐地倾身向前,说道:"那么你认为这是可能的了?有人不需要吃药也不需要你们所谓的'思维上的自律',也能分辨真相和幻想?"

"在极其罕见的情况下。"泰科承认道。他拿过一部可视电话,按下了三个键。"在这种情况下,"他接着说道,"我认为你的治疗应当同普通病人的有所区别,哈克尼斯先生。"

"叫我上校。"杰克说道。

他们在走廊里找上了他。

他以为泰科要把自己领回公共活动室,但一大群看护突然就涌了上来。在杰克反应过来以前,他就已经被粗暴地按在了一个移动病床上捆了个结实。

"这是怎么了?"他抗议道。

"你说服了我,哈克尼斯先生。"泰科回答,一如既往地彬彬有礼,"你让我相信了你并没有发幻想疯。"

"所以呢?"

"所以这就说明你犯罪时并未处于混乱迷糊的状态,而是居心叵测地有着恶意预谋。这说明你无药可救,哈克尼斯先生。但这里的法律确实允许我们为了公众利益而采取行动,确保你不会再次犯罪。"

"你到底是什么意思?"杰克一边喊,一边在束带中挣扎。

"手术,哈克尼斯先生。我们要烧毁你右脑中形成想象的部分,并切断它和你左脑语言中心的联系。同时,鉴于这是一个相对简单的手术,当前也有空余的手术室,我们将立即对你实施治疗。开心点吧,哈克尼斯先生。往好的一面想,病人们平均要在这里待上三个月零两周——你一个小时之内就能重获自由了。"

11

出租车在停滞的车流中悬浮不动,罗丝烦躁不安地在座位上扭来扭去。过去的一个小时让她明白了走过去可能更快,但起码出租司机知道目的地在哪个方位。

或者说,司机的导航系统知道地方在哪儿。每隔几秒它就会以一个短促的女声发出新的指令,时不时还会加上一条提醒:"请不要试着想象这条路线。"

司机恼火地拍着喇叭,大声怒骂,调大了空气喷射器,路面上的石子儿弹起来打到了车窗上。

不过,这些琐事都无关紧要,因为博士回来了。

光是他坐在自己身边的情景就让罗丝微笑起来。她脑中仍有那种恼人的刺痒,就在右脑的某个部位,但她已经一点都不困惑了。

博士让一切都清晰了起来。

对于把多米尼克扔下这事儿她仍然有些愧疚,但博士坚持这么干。"他不过是另一个米齐罢了,"他这么说道,"或者亚当[1]。跟大多数从你们地球上进化出来的猿人一样,他受不了的。"罗丝感到一阵为难——就跟每次博士说这种话的时候一样——既因为自己的种族受到侮辱而感到冒犯,又因为自己被他当作一个例外而感到荣幸。

没过一会儿,博士就又让她高兴了起来:他为了拦下一辆出租而上蹿下跳手舞足蹈,甚至蹿进路中间冲到一辆被堵在路口的车旁敲挡风玻璃。司机们就跟看不到他似的。他仿佛就是个透明人。她把两根手指塞进嘴里吹了声口哨,一辆黑色的车立马就在她面前停了下来。

"要去哪儿?"他俩爬上后座的时候,司机在玻璃隔板的另一边问道。

"我们去哪儿,博士?"罗丝小声问道。

"大白屋。"他说。

"嗯?我没听清。说大声点儿,亲爱的。"

"大白屋。"罗丝大声重复了一遍。

"所以计划是什么?"罗丝问博士。

"取决于到了之后我们将发现什么。"

"但就是照惯例来,对吗?战胜怪物,纠正错误,还所有人

---

[1] 在新版《神秘博士》剧集第1季第6集《戴立克》中出场,是一名年轻的研究员。亚当曾是博士的短期同伴,在第1季第7集《漫长的游戏》中,他因贪图私利、妄图从未来盗取科技发展的历史,最终被博士赶走。

自由。"

他咧嘴一笑,"没错。"说完他便握住了她的手,她感到一阵电流窜过全身,也笑了起来。

"所以我们为什么要去大白屋?"她问道。

"没有政府,"他说道,"你认为谁能让人民安分守己,谁在强制维持现状?"

"警察?"

"再猜。"

罗丝想了一会儿,说道:"是媒体。报纸和电视。"

"答对啦!"

"就像在五号卫星[1]上那样!"

"如果你乐意这么想的话。"

"这就是真相吗?又是贾鸹费斯[2]在捣鬼吗?"

"我怀疑不是,时间不对。无论如何,我们上次看到哈德罗嗯那啥·玛克斯马哇呀嘿哈·全能者贾鸹费斯[3]的时候,它已经

---

1. 在新版《神秘博士》剧集第1季第7集《漫长的游戏》中,博士、罗丝与亚当来到了200000年,着陆在五号卫星上,博士发现本应处于顶峰的人类文明竟被阻碍了发展进程,最后查明是外星生物控制的媒体操纵信息所致。
2. 新版《神秘博士》剧集第1季第7集《漫长的游戏》中的外星生物,形似蛞蝓,体态庞大,通过控制新闻操纵人们的生活。
3. 原文为"Mighty Jagrafess of the Hadroumsomething Maxawhatchamacallit",即被叫错的贾鸹费斯的全名。正确叫法其实为圣哈德罗贾斯克·玛克斯马罗登弗·全能者贾鸹费斯(Mighty Jagrafess of the Holy Hadrojassic Maxarodenfoe),可以看出这个名字长得非常难记。

147

熟得死透啦。但这并不意味着它是第一个认识到人类媒体的力量的外星怪物。"

"媒体也是一种洗脑工具，对吗？"

"一种传播思想、强化筛选过的观点的手段。问题是，传播的是谁的思想？谁的观点？如果媒体控制了人民，那谁又在控制媒体？"

"我猜哈尔·格莱登知道答案。"

"我想也是。他一直在对官方频道以其人之道还治其人之身，我猜他应该知道自己在干什么。我个人比较喜欢直接一点。"

"他的演播室。"罗丝恍然大悟。她想了想，然后看着博士，"但是，那不是我们现在要去的地方……"

他过了一会儿才回答，也许他只是在给她时间让她自己琢磨出来。"演播室太多了，出版公司也太多了，太多人挡在了我们和真正的幕后黑手之间。所以这样做来得比较快，想要抓住暴君的话，就追踪他的反对者吧。"

"到大白屋去。"

"仍然敢于做梦的人都被带去了那里。有人在那里学会了循规蹈矩，还有人嘛……我们就只能拭目以待了。"

"大白屋到了。"出租司机粗暴地说道，把车停在了一条异常安静的路上，"我希望你是来挂号的，亲爱的。你说的那些卫星和贾瓜肥鱼[1]……"

"喂,"罗丝说,"那是私人对话,你可不该偷听。"

"这是不由自主的事,亲爱的。一共2.30个信用点。"

博士掏出了自己的钱包,"我觉得这能说明一切。"他边说边对司机亮了亮手里的东西。她什么也没说,只是继续瞪着罗丝。博士一脸懊恼地说道:"通灵纸片不管用了,罗丝。"

"那就试试别的东西。"她悄声说道,在司机的怒视下不安地扭动着。

"2.30个信用点。"她坚决地重复道。

"你一点儿钱也没有吗?"

"完全没想过这事儿。"博士回答说。

"啊,我受够了!"司机厉声说道,再次发动了引擎,"我就知道不该让你上车——我第一眼就看出你发了幻想疯了。现在好了,你就跟我一起回总站去吧,亲爱的。我们在那儿把事情捋清楚,让你好好见识见识现实世界。"

"博士!我们现在怎么办?"

"当无路可走的时候,罗丝……跑吧!"

他俩扑向车门——但随着安全锁决然扣上的咔嗒声,出租车的引擎尖叫着加速驶离了路缘,罗丝则被惯性甩回了自己的座位

---

1. 原文为"jagra fish",司机将罗丝口中的"贾鸨费斯(即Jagrafess)"听错了。

上。与此同时,驾驶座的隔板前落下了一道钢质防护罩。

"用音速起子!"罗丝喊道。

"能量用完了,"博士说道,"我一直打算给它充能来着。"

"你今天可真是一直在帮大忙!"

他正徒劳地用双拳捶打着车窗。

"来,帮我一把!"罗丝说道,在座位上扭过身子,双腿开始攻击旁边的车窗,在她双脚齐下踹到第三次时终于成功了,司机则大喊着抗议。罗丝调整回坐姿,用手肘把还联结着车窗的碎玻璃撞落在人行道上。

出租车猛地一拐,迎面却碰上了又一轮交通拥堵。当车停下时,罗丝从破掉的车窗里伸出手,胡乱摸索着车门外的把手,在车门打开时终于心头一松如释重负,随后她与博士赶紧跑上了人行道。

"你逃不掉的,你这个疯子!"出租司机尖叫着,"你在我的座位上留下了DNA,我会找到你的!"

他俩往回朝大白屋冲过去,身后的咒骂不绝于耳。

"你确定这样能行吗?"博士颇为怀疑地问道。

"我可是体操冠军,记得吗?托我一把就成。"

他们正站在大白屋后头,一面三米高的墙壁包围了整栋建筑。通常来说,他们会从大门蒙混进去,但经过出租车的风波之后，罗丝建议采取更隐蔽的行动。

　　罗丝踩上了博士交叉手指构成的踏面，让他把自己托上墙去。她摸着了墙头，正以为已经成功时却发觉自己转眼又落回了地上，还跌跌撞撞险些摔倒。

　　"刚才到底是怎么了？"她抱怨道。

　　"别看我，"博士说道，"你有考虑过少吃些炸薯条吗？"

　　"嘿，你这家伙有点礼貌行不行！"

　　他们又试了第二次、第三次——但博士的双手似乎总会在她脚下松开，让她落回原处。

　　"哎说真的，博士，"罗丝埋怨道，"你是不是扔起东西来也像个小姑娘似的？"

　　他俩在道路另一边的小巷里找到了一只垃圾桶，确认没人在看之后就把它偷过来，推到了墙边。罗丝爬了上去，博士本该稳稳扶着垃圾桶，结果它差点儿就从她脚下滑走了。

　　不过，现在她只要稍稍一跳就能够到墙头了。她的手勾住了它……

　　然后，一阵冰冷的冲击从她的双臂窜入了胸腔和腹部。罗丝倒抽一口冷气，松开手，摔了下来。她狠狠地撞上了垃圾桶，又被弹回人行道上。

　　"啊。"博士说道。

　　"啊，什么？"她厉声说道，几乎就要反抗起博士来。她自己爬起来，拍开了博士伸过来的手。

"啊，我就觉得应该会有类似的防护措施。看上去是力场，带刺铁丝网的高级替代品。你还好吗？"

"我还好——真是多谢你这个事后诸葛亮了。"

"看上去我们得回到A计划上啦。"博士快活地说道。

"从正门进去，"罗丝说，"行吧，要不你假扮医生我冒充护士？"

"行不通的。他们有很多核验的办法，通灵纸片现在也没……"

"对啊，它到底出什么问题了？"

博士耸耸肩膀，"也许是因为这里的人有什么不一样的地方，所以它对他们不起作用。"

"是那怪物干的好事。"

"这就能解释为什么有那么多人'发幻想疯'了。"

接下来是一阵漫长而又尴尬的沉默。罗丝考虑着现在是不是应该对他坦白，告诉他自己之前也有过妄想发作。但她现在已经好多了，那些僵尸就像是一场早已消退的噩梦。

"也许我们可以说自己是来探视的，"她提出了建议，"来看某个病人。"

"我不知道，"博士说道，"如果我们对这里的推测有一半是对的，我不信他们会给来访者大铺红地毯。"

"好吧，你有什么想法吗？"

"有。我有个保证能把人弄进疯人院的办法。"

罗丝过了一会儿才跟上他的思路，随后她笑着说道："哦，你是在开玩笑吧！"

"所以，你觉得咱俩谁更会装疯卖傻？"

"说来就来，"罗丝对门里百无聊赖的守卫解释道，"突然之间他就坚信自己是个医生了。"

"我认为我是博士。"博士冲着守卫露出了自己最为癫狂的笑容。

"他还觉得……觉得自己已经九百岁了，在宇宙各地飞行，还和会放屁的外星人与太空中的猪战斗。"

"我想被关起来，真的。"博士说道，"我就跟三月兔一样疯[1]，还蠢得无可救药。"

"你应该带他去看社区医生。"守卫说道。

"哦……是的，没错，我知道。但他不在，你明白吗？去城里的另一边参加研讨会去了。再说，他事情多得忙不过来，我们没法拿到两周以内的预约。"

---

1. 该比喻多用于形容人极度疯狂或非常愚蠢，因为每值春季繁殖期，兔子就会表现出一系列激动无常的行为，像发狂一样疯癫。在《爱丽丝梦游仙境》中亦有同名的角色。

"用软垫病房、约束衣,再把钥匙扔了吧,我可不在乎。"

罗丝鬼鬼祟祟地向守卫靠近了些,说道:"问题在于,他觉得这栋楼里有怪物,真是疯了。"她本来指望这句话能激起守卫的些许反应,但他脸上的表情纹丝未动。"如果不带他来,早晚警察也会把这事儿办了。我的意思是,你真得明白他需要帮助,十万火急的那种。"

博士走上前去贴在守卫身前站好,他们之间近得连鼻子都几乎要在铁栏杆的空隙里碰上了。他一动不动地盯着守卫看了一会儿,然后突然活灵活现地模仿起猩猩来。

守卫的目光穿过博士,锁在了罗丝身上。"好吧,女士,"他疲惫地说道,"我想我确实从中看到了某些医疗干预的必要性。也许你真的应该进来。"

在守卫打开门挥手示意他们进去的时候,罗丝差点忍不住露出笑容。她看都不敢看博士,生怕自己会禁不住爆笑起来。他们肩并肩地走在通往大白屋的路上,但刚走到一半时,博士便凑在罗丝耳边悄声说道:"你知道他会先通知他们的,对吧?"

"他们正等着我们进去。"

"往积极的方向想,"博士快活地说道,"被抓住通常来说都挺管用——这能为我们建立直面大坏蛋的捷径。或者我们可以……"

罗丝往身后看了一眼,守卫已经回到了大门内的小亭子里。

她能透过窗户看到他正背对着自己,显然正用可视电话跟别人通着话。她又看了看博士,两人相视一笑。罗丝欣然握住了博士伸来的手。

他们欢笑着从主路上跑开了。

他们找到了一扇可以进入大白屋左侧的门,但它上了锁,而且看上去已经有好几个月没有被打开过了。在建筑的后方,两个身穿白色厨房连体衣的人正在另一扇门外聊天。罗丝和博士在被他们看到前就缩了回去。

他们身旁有一排窗户,能够让他们进入一条铺着木地板的走廊。罗丝试着推了推其中一扇,发现它被锁上了,于是她又试了第二扇和第三扇。她刚碰到第四扇窗户,警报便响了起来。起初罗丝以为是自己触发了警报,直到博士指出,也许是因为工作人员终于发现自己的新病人和他的护送人员都不见了。

"他们知道我们还在这里面,但还不清楚我们的具体位置。我们大概还有几分钟的时间。"

"你可以帮帮忙的,知道吗?"罗丝一边徒劳地推着第四扇窗户一边说道。她本可以失落得大喊大叫。在此之前她从没意识到,自己变得多么依赖博士的那些锦囊妙计,只要他愿意,就能带她在任何时空自由来去。

他溜达到一扇她已经试过能否打开的窗户跟前,朝里仔细瞧了瞧。随后他便看也没看地往左指了指,说道:"这边,就只隔几扇窗,看上去有个插销是坏的。"——他说得没错。

罗丝刚爬上窗沿,第一批护理员就从拐角冲了过来,其中一个大喊了起来,但在持续不断的警报声中罗丝听不清他的声音。她匆匆翻了进去,转过身去想拉博士一把,但为时已晚。他撒腿就跑,离护理员伸出的手只有几英寸的距离。有几个人追着罗丝往窗户里爬,还有两个追着博士朝厨房门的方向跑去。

为了摆脱追兵、找个地方藏起来,罗丝随机转过两个弯后,很快便看不见他们了。她发现天花板的角落有一颗球形摄像机正旋转着追拍自己的身影,心顿时沉了下去。

突然之间,博士出现在了她的身旁。罗丝无法想象他是如何这么迅速地追上自己的——他一定是找到了另一条进来的路。她没有看到追着他跑的护理员,但他们不可能落下太远。她能听到右边传来了越来越响亮的脚步声和说话声,接着博士便又一次拉住了她的手,带着她拐向左边。通常来说,在博士身边她总是更有安全感,无论情况如何……但这次有什么东西困扰着她,有什么地方不对劲儿。

前方一扇巨大的拱形木门虚掩着,博士朝它跑去。然后他们闯进了一间看上去像病人活动室的屋子。人们四散坐着,双眼空洞,对他们的出现反应迟缓。不幸的是,屋里的护理员们可不是这样——或者说那几个把守另一扇门的护理员不是这样。

罗丝被围堵到了房间中央，一圈穿着黑制服的人逐渐逼近。她已经无路可逃了，只好跳上了一张桌子，把原本趴在桌上脸埋在胳膊里的那人给吓得跌在了地上。

与此同时，另一个人撞进了护理员的怀里，他绝望地喊道："救救我！我又能看到她们了！我又能看到漂亮姑娘了！"

一位头发又长又直的年轻女子甩了那个男人一耳光，"罪人！"她怒骂道，"竟敢在此大肆招摇你那下流春梦！"

"富美家[1]！"另一个女人尖叫道，随即又咯咯笑个不停。

一个护理员制伏了那个痛苦的男人，另一个则拦着那个直发女人不让她靠近他。罗丝瞅准一个空当，突破了包围圈，门就在眼前。她猛地冲过去，进入了另一条长而笔直的走廊……

但前方出现了更多的护理员，他们朝她袭来。

她向最近的那扇门撞去，门开了！一股希望猛地涌上她的心头，但紧接着那丝转机便因眼前的景象而破灭了：门里是一个工具间，除了顶层架子上有瓶翻倒的清洁剂外，别无他物。

然后她就被追上了，被护理员们用手抓住，按倒在地。她挣扎着抵抗，但每扭打开一只手就会有另外两只手抓住她。持续不断的警报声像电钻般在她脑袋里钻个不停，而她脑子里的刺痒已经爆发成了剧烈的疼痛。

---

1. 用于覆盖或装饰厨房操作台、餐桌等台面的塑料贴面。亦指生产相关产品的富美家公司。

在她被按着跪下的时候，罗丝最后看了一眼自己信任无比的同伴——他站在她的面前，似乎漠不关心。

"博士，快做些什么呀！"她语无伦次地说。

"办不到。"他耸耸肩膀，"我还以为你知道呢，我是无形的。"

随后她就脸朝下倒在了白色地板上——上头还有拖把刚留下的又湿又脏的痕迹——身上还压着三、四、五个人。警报声终于停了下来，世界似乎顿时陷入了死一般的沉寂。她的余光捕捉到了一根尖细针头上的闪光……

随后它便刺入了她的颈侧。

12

"你想跟我一起来吗？"多米尼克不知道该怎么描述自己听到这句话时的感受。仿佛博士刚在自己生命里出现了几秒，它就被他彻底改变了。仿佛他一直翘首期盼的未来，终于到来了。

多米尼克花了几秒钟才认识到自己眼前这个人——这个陌生人……这个看上去平平无奇的家伙……就是罗丝一直说个不停的那位。哪怕罗丝再三强调保证，他也还是半信半疑，认为博士是她幻想的产物。此时此刻，他被一双洞悉一切的蓝眼睛紧紧盯着，便想起了罗丝说过的宇宙飞船、时空旅行、各种怪物，还有……

他知道自己不该相信这些，但是……但是……

"你想跟我一起来吗？"

博士把时间掐得分毫不差。他读过了罗丝留下的便条——多米尼克到现在也没想明白它在说啥，罗丝在上面写着自己跟博士一起走了。博士满面怒容地嘟囔："别是她啊"，说罢他便沉下了肩膀，仿佛背上了千斤之重。他转身离开房间，也许已经忘了多米尼克还在里面。

留白的时间恰到好处,正好能让多米尼克意识到无论这个陌生人要去哪里,自己必须一同前往。也刚好能让他意识到,如果现在让博士就这么走了,他就会跟自己一直以来求之不得的东西失之交臂。但如果这是个谎言呢?在查明真相之前他将无法入眠。

留白的时间还刚好足以让他意识到,自己并不知道该如何开口。

就在此时,博士停了下来。他一只手仍搭在半开的门上,看着多米尼克仿佛刚注意到他的存在。他面色清朗起来,已经发出了邀请——时机恰好的邀请,此时怀疑和恐惧尚未开始成形。

这就是邀请可能会被接受的绝无仅有的时机。

所以现在,多米尼克生平第一次离开了城市,跋涉着穿过一片葱郁茂密的树林。此情此景他只在自然纪录片和自己梦里瞥见过,光是这些对他来说就已经是个全新的世界了。

他看到了在城市里从未见过的色彩,看到了似乎随心所欲却又仿佛精心雕琢出的各种形态。但与此同时,也有树根阻碍着他的脚步,尖刺勾缠着他的连体衫,树木枝条也不断刮擦着他的手臂与脸。除此之外,还有那始终如影随形的危机感,以及仿佛随时会有猎食者从茂盛的枝叶里扑出来的恐惧。

倒不是说这里真有什么猎食者。在殖民星球4378976德尔塔四号上从来就没有过本土生物,这也是这颗星球成为理想移居地的缘由之一。但多米尼克经常把丛林当作自己漫画的背景,在里面填满了出现在自己最为黑暗的噩梦中的各种怪物。丛林代表了不为人知也未经探索的世界——无论有多少次扫描已经证明这里空无一物,总有那么一丝丝、一点点扫描也许出错了的可能性。还是有可能,什么东西正藏身于此。

他竭力不再想下去。如果他这么做了,就会听见它们的声音。他会听见身后传来嘎吱作响的脚步,还有埋伏在林中蠢蠢欲动的呼哧喘息。他的眼角会瞥见细微的风吹草动——这里的藤蔓扭了一扭,那边的叶子晃了一晃——然后他就将知晓,怪物正打算伺机而动。

他转而把注意力集中在博士身上。在他们出发的时候,罗丝的朋友抛出了一阵连珠炮似的问题:关于多米尼克,关于他的生活,还有他跟杰克上校与罗丝之间的渊源——这些问题帮了他一把。谈论那些他记得的事,那些真实的事,稳住了他,让他免于被无限的新可能性淹没。然而,博士得到答案后,却陷入了沉默。一开始还像是在静默思考,渐渐地却仿佛变成了郁郁寡欢。

多米尼克需要再次稳住自己,于是他试探着说道:"就跟故事书里的情节似的,对吧?"

"不。"博士简短地答复道。

"哦,我……我的意思是……我不是在说它们是真的,故事什么的,我是想说……如果它们……嗯,如果它们确实是真的呢?因为,我们怎么能确定它们不是呢?我是说百分之百肯定?"

"它们不是真的。"

"我能给你看看,如果你愿意的话。我是说我画的漫画。"

博士停下了,一动不动地盯着多米尼克看了一会儿,似乎是在考虑他的提议。但随后他就扯出一个微笑,说道:"免了,不感兴趣。"说罢便继续艰难地前进了。

一分钟之后,博士问道:"你为啥一直这么做?"

"做什么?"

"拧你自个儿,你刚刚又拧了一下。"

"哦,我都没意识到。就是个反射行为,没别的。"

"能帮你集中注意?"

"我猜是的吧,没错。就……这一切,让我觉得有些难以……你明白的吧……这个丛林,还有你。如果我拧自己一下,就能感觉到疼,那我就知道我不是在做梦了。你一定听说过……我是说,每个人不都会这么干吗?"

"每个人都这么说,"博士说道,"可没人真的这么干,没有必要这么干。如果你做着梦,没错,有时候意识是会被蒙蔽,梦境或许能以假乱真,但现实绝不会像梦境。当某样东西真实存在的时候,你就是能知道。不然的话,当第一辆车从视线盲点的拐角处飞驰而来的时候，你就会因为站在路中央一动不动、忙着告诉自己这有多不可能，而直接被撞飞啦。"

"怎么做到的？"多米尼克问道，"你是怎么分辨其中区别的？因为我就曾经做过这样的梦，它们看上去跟现在别无二致，听起来闻起来摸起来也毫无差别，而我多么希望它们是真的啊，但我还是会醒过来，而且……有些时候我觉得自己也许是在做梦，我梦到自己还在卧室里，所以我会拧拧自己，想回到丛林或者宇宙飞船或者僵尸城堡或者……或者……"

"你一定过着精彩纷呈的生活吧。"

"并没有，"多米尼克叹了口气说道，"因为我的人生一成不变。无论我梦到什么，无论我写下什么，总归都是谎言。"

"世事如此，"博士说道，"如果你只知等待而不去争取。顺带说一句，你马上就会看到的东西，可是货真价实的。"

他们面前出现了一个什么东西，它的颜色与丛林格格不入，利落笔直的线条一看便属于城市，属于人工造物。

一个结实、厚重的大柜子在树影中隐约露出了身形。它的颜色是浓郁的深蓝。是什么储藏棚吗？但为什么会在这么远的地方？而且为什么它还顶着醒目无比的"警事公用电话亭"几个字？

多米尼克的脑子飞速运转着，力图找出这个蓝盒子出现在此的逻辑性——因为，如果没有逻辑支撑，他害怕自己会又一次从梦里醒来。

"过去吧,"博士说道,笑得像个自豪的叔叔,"摸摸它。"

多米尼克抚过它的表面,用心感受木头与自己皮肤相贴的触感:粗糙、坚挺、真实,还有……

木头背后仿佛另有一片天地。多米尼克无法用手指直观感受,也无法描述,但它却切实存在。它强劲有力、蓄势待发;它难以言表、超乎想象,但多米尼克确信,它就是真的。

"趁现在你还在外边,"博士说道,"绕着它好好走几圈吧,感受感受它的大小,能给之后省些时间。"

到头来,这不过仍是场梦。

没有别的解释了。这个蓝盒子的门,绝不可能通往多米尼克现在看到的房间。

这个巨大的圆形大厅给他的第一印象是,它是有生命的——就跟外面的丛林一样。珊瑚紧贴在墙壁上,支柱如树木般弯曲分叉;电线有的如藤蔓一般垂挂着,有的像树根一样拖拽在地板上。房间里还有陶瓷扶手,多米尼克脚下则踩着金属格栅。前方还有一个蘑菇状的控制台,看起来像是用拆开的备用部件重新拼成的。

若不是多米尼克正因眼前这一切都不是真的而大失所望,他本可以相当自豪。仿佛他的大脑从他毕生见闻及他在电视中见过的一切里榨出了这些画面,把一切随意糅合在了一起,还设法离奇地让它看起来合情合理。

这次，等他醒来的时候，肯定能就此写出一个伟大的故事。

而眼下，他就由着博士——这位能量和权威的集合体，直到此刻他仍是那么难以置信而又始终如一的真实——领着他走过了控制台，走过了一把看起来有些突兀的椅子，穿过了一条门廊。多米尼克本以为从这里过去就到了蓝盒子的尽头，却在看到眼前延伸开去的三条走廊时对自己笑了笑，摇了摇头。它们与更多走廊互相穿插，其墙面也跟之前那些一样，看起来像某种有机硬壳。

他们转了一个又一个弯，一路七拐八绕直到多米尼克完全丧失了方向感。博士一副若有所思的样子，就好像他记不清自己把要找的某样东西放在了哪里。随后他在一扇门前猛地刹住了，推开门宣布道："这个就行啦！"

这个房间也是圆形的，但好在没那么大。里面堆满了各种杂物，和主控制室里那些杂乱的玩意儿一样五花八门。不少东西看上去都像医疗器材，大部分也都被这样那样地调修过。一台心电监测仪被遗忘在一辆推车上，电线从后面掉了出来；一条长椅上放满了瓶瓶罐罐和注射器；还有个听诊器挂在了一台破旧的冷藏器上头。

博士一把将一台放在牙医椅上的盒状机器扫开，看起来毫不在乎它重重地砸到了地上，还伴随着一阵玻璃破碎的咔啦声响。

他示意自己的客人坐下,但多米尼克却狐疑地退缩了。

"等等——你打算对我做什么?"

博士耸了耸肩膀,"一次快速检查而已,没必要这么花容失色。我只是想看看为什么你大脑的运作跟其他人类不一样罢了。"他露出令人心安的笑容,轻快蹦跶着——但他的双手藏在身后,多米尼克不知道他刚刚拿了什么东西。

"你是个医生,对不对?"

"是博士,这可是有区别的。"

"那么这个……这个……不知是啥的玩意儿……这个警亭,警亭!我早该知道的……昨晚我猜对了,当我第一次……你跟他们是一伙的,是不是?"

"呃……不。"

"你想打开我的脑袋,然后……然后毁掉我脑子的一部分。"

"没必要这么夸张。"

"你甚至连说话都跟警察一个口气!我……我可不在乎这是不是梦,我是不会让你……"

多米尼克往后退开,但惊恐之中他没摸到门,只撞上了墙。博士已经靠了过来,握住了他的肩膀,强硬地把他按到了椅子上。在多米尼克冷静回神以前——他只是一味捏紧拳头让指甲陷进掌心,想要让自己醒过来——博士一脚踹上了椅子底座上的控制杆,多米尼克随之唰的一下就躺平了。然后博士便举起了一个笨重的黄铜装置，看上去就像一顶覆满了控制按钮的潜水头盔。多米尼克还在奋力挣扎，他竭力想要挺直身子，却还是被那顶头盔给扣住了脑袋，他感到它的重量压在自己肩上，冰冷的金属也贴上了自己裸露的脖子。

"最好想点开心的事情，"博士嘱咐道，"可能会有点疼。"

丛林看上去不太一样了，尽管多米尼克并不明白为什么。

他的感觉也不一样了——这种轻飘飘的美妙眩晕，就好像头脑里卸下了什么重担。

博士忙着摆弄那个头盔装置，他一面调整控制器，一面弹着自己的舌头，偶尔还问问多米尼克有没有什么感觉。大多数时候，他只能感觉到脑袋里轻微的嗡嗡声。虽然这期间也出现了电路或别的什么烧坏了的惊险时刻，但博士满怀热情地用某种会发出蓝光的奇怪焊接器摆平了头盔。

然后，毫无预警地，什么东西闪了闪光，一阵电击似的痛楚窜过多米尼克的脑袋，让他痛呼出声。这股电流似乎掠过了他的所有骨头，让他全身紧绷起来。

"还觉得你是在做梦吗？"博士问道。他已经离多米尼克六步远了，这时突然回过头来面对着他。

"没有……有……我不知道。"

"想象点什么东西。"

"什么？比如什么东西？"

"比如丛林里的东西，一个怪物。"

"我不想这么干。"

"啊，来嘛，德里克。"

"多米尼克。"

"你可是个作家，对吧？给我一个故事吧。这么辽阔的丛林，里头一定藏着些什么，你觉得呢？"博士就站在多米尼克眼前，满脸微笑，但他眼里却有一丝不怀好意的光芒，"因为我绝对听到几米开外有动静，你懂的吧，某种脚步声，鬼祟地跟在我们后头。说不定是僵尸呢。"

多米尼克不太自在地咽了咽口水，"我什么都没听到。"

"不，你听到了，你不过是不想承认罢了，你怕我会以为你在发幻想疯。但这可不是明智之举，对吧，丹尼尔？一点儿都不明智呀。万一怪物是真的呢？它们有可能就是真的，你懂的。"

"别说了！"多米尼克喊道。

"它们正悄悄地跟着我们。等它们真的扑上来的时候，你又能做些什么呢？傻站在那儿，捂着耳朵，再闭上眼睛？"

"不！我……我……你是对的，我能听到它们！我能看到它们！我……"

那些僵尸从灌木丛中钻了出来，手臂前伸。

"……能看到……它们……"

然而，与此同时，它们却又不在那里。

"……在我的脑子里。我能在脑子里看到它们，但是……"但是，让多米尼克大为吃惊的是，事情竟仅此而已。

"有成果了！"博士沾沾自喜地说道。

"什……什么……你是在说什……"

"你被治愈了！暂时被治愈了，嗯。"

"治愈？我有什么病？"

"微生物，"博士说明道，"它们比单个质子还要小，在这颗星球的大气中茁壮成长。它们就在我们四周。它们也在你的脑子里——直到我用扫描仪的反馈噪音把它们赶跑。不过这也不是永久性的，几个小时之后它们还会死灰复燃。"

"你……你是说……"多米尼克举起一只手捂住了脑袋，想要集中注意力。它们还在里面，那些僵尸还在里面，只不过是被困在了深处，它们无法从那里逃脱。

他被一阵突如其来的恐惧击中了，"你把它们夺走了。那我要怎么才能……我再也感受不到自己的梦了，那我怎么才能继续写作呢？你都对我做了些什么？"

博士看起来被他的忘恩负义给惹恼了，"你会习惯的，"他嗤道，"现在，你的梦可能没那么栩栩如生了，但它们是无害的。你可以梦得更天马行空而无须畏惧了。谁知道呢，说不定哪天，你还会梦到什么大有可为的东西呢。"

说完他便再次拔腿向前，在丛林间跋涉起来。多米尼克只好匆忙跟上他，同时脑子里还在飞速运转，回味着博士刚说的话。微生物？那是什么东西？在他听来就跟小说一样——科幻小说——但毫无疑问，博士已对自己做了些什么，并改变了些什么。

然后他便察觉到自己已经开始好奇，如果能像博士那样做梦会是怎样的光景，若是能跟他一样又会如何。或者像罗丝·泰勒那样，能和这个奇怪却又迷人的男人一起乘着蓝盒子旅行，每天都能像这样大开眼界。若是能成为博士的朋友、助手、同伴，一切将会如何。

不知道为什么，他无法想象。

13

他挣扎得太晚了。当他明白他们要做什么的时候，已经落到了寡不敌众的地步，逃出生天的概率基本是零。所以他选择继续假装配合——但装得超时了那么一点点。

直到护士泰科告诉他，接下来将会发生些什么。

杰克立刻开始挣扎，拼尽全力拉扯着把自己双手捆过头顶、束在冰凉金属推车上的绑带。护理员们花了好几分钟才按住他胡乱踢蹬的双腿，并将他的脚踝也捆了起来，但杰克在此期间也给他们留下了几块相当可观的瘀伤。

他并没有大喊大叫，既没有怒吼也没有求饶。他没有浪费自己的力气。

泰科押着他走到了电梯前，当门轰隆关上将两人隔开时，杰克绷紧腹肌支起脑袋，给了这位年轻护士藐视的最后一瞥。他不知道对方会有什么反应，他会因为羞耻而看向别处吗？还是会为了自己的胜利而洋洋得意？

然而他什么也没做。泰科双眼空洞，对杰克的命运不喜不悲，就好像这一切对他来说没有任何意义：按部就班的一天，平板上又添了一个名字。

电梯的门再次打开了，杰克被推进了没怎么严格消毒的一楼——这栋建筑最原始的部分——而病床左前轮的嘎吱声被地毯减弱了。天花板是木质的，随着车轮前行，顶灯在他的眼中留下一条条模糊的光痕。

他的脑袋撞上了一排沉甸甸的透明塑料门帘，然后他便进入了这所疯人院里一个截然不同的部分。这是一片新的区域，是他在外面见过的老建筑的扩建。这里的墙和天花板跟中心大楼一样，是脏兮兮的米白色，空气中还弥漫着混杂了一丝臭氧气息的消毒水味儿。

这个地方还有人正扯着嗓子尖叫，直喊到声嘶力竭。随后叫声渐渐变成了悲伤的呜咽，最终整个沉寂下来。

杰克几乎快认定这些声音是人为制造的了——那会让他对即将发生的事情做出更可怕的预测。只不过，"预测"在这里多半是违法的。

这肯定不是真的，杰克·哈克尼斯上校可不会像这样死于非命。他命中注定的结局应该笼罩在万丈荣光之中，在他自己选择的时间和地点，他的死亡将重于泰山、意义非凡。他可不该变成植物人，然后在什么鸟不拉屎鸡不生蛋的世界里度过余生。鉴于对自己能力的自信，杰克对这一点深信不疑。他一定会逃出去的，他只是暂时不知道具体该怎么做而已。

当手腕被捆住的时候他并没有挣扎。但他本能地绷紧了自己的肌肉，并让捏紧的拳头尽量远离病床。护理员们以为束缚带已经收紧了，但杰克却设法为自己的右手腕稍微争取到了些余裕——虽然只有一点点而已，但杰克一直在偷偷摸摸地拉扯那根带子。他努力挣出了半个手掌，但卡在拇指根那里就再也过不去了。

他被推进了一间简单的手术室，房间里的红色消毒灯给所有东西都罩上了一层刺眼的光芒。医生的脸逆着灯光，还由面罩遮住了口鼻，整个儿看起来模糊不清。但杰克能把他手上拿着的工具看个一清二楚。

医生的拇指按下了开关，那个钢笔大小的设备便伸出了一条纤细的金属丝，它的末端闪烁着耀眼光芒，仿佛一颗被困住的微缩星辰。

"没什么好害怕的，"医生说道，"我不过是要将这根金属丝从你的鼻子里伸进去罢了。大脑没有痛觉感受器，所以你应该什么也感觉不到。这只是个简单的小手术，一点儿也不复杂，一眨眼就结束了。手术之后，你应该能保留对大部分身体功能的控制。"

"你得知道，"杰克虚张声势道，"我是个时间特工，来这里调查为啥这个世界如此落后。敢动我一根毫毛，眨眼之间就会来一百艘战舰让你们好看。"

"啊，好的，哈克尼斯先生，"医生不无友善地说道，"这可正是我们再也不希望从你嘴里听到的胡话。"

说完他便靠了上去，直到那根金属丝末端的光芒占领了杰克的整个视野。

杰克拼尽全力拉扯着那根松动的绳子，冒着大拇指脱臼的风险，但若真是那样他也毫不在乎。然而就算他能挣脱一只手，又能怎么样呢？他多么希望护理员们现在已经离开，但他们就站在周围，满怀戒备。对方共有六个，还得算上一个医生。

幸运的是，杰克也不是孤军奋战。

他一听到警报声响起，就知道了，这一定跟博士或罗丝——也有可能他俩都有份儿——脱不开干系。直到现在他都还没有真的习惯这一点：他不用每次都只靠自己来绝处逃生了。

护理员们看了看自己的寻呼机之后彼此对视着，拿不准是不是应该回应，因为那就意味着放任他们臭名昭著的囚犯无人看守。那个医生——他手里那发光的金属丝已经不再对着杰克的眼睛了——替他们做了决定，把他们赶了出去。"就算这个病人对我是个威胁，"他坚持道，"要不了多久也就不是了。"

随着骨骼咔啦一响，杰克终于把自己的手挣脱出来了。他把松脱的绳子绕在了手指上，试着掩盖自己刚做的事，直到医生再一次靠近。

杰克立马伸手抢夺那个笔状设备——但对方的反应实在是太快了，他迅速退开，远离了杰克下一击的进攻范围，并大叫着寻求帮助。

杰克只希望警报声能盖过医生的叫喊，希望自己能在护理员回来之前把四肢挣脱出来。

他还在跟自己另一只手腕上的绳子做斗争时，医生就猛地扑了过来，还挥舞着一根灌满液体的皮下注射器，杰克估计里面是某种麻醉剂。他在针尖扎进自己皮肤前抓住了对方的手，但眼下他可是在单拳力敌两手。他的激烈挣扎竟然使得病床倾斜过来，最后连人带床一起稀里哗啦翻倒在地。被困在床上的杰克顿时四仰八叉，仿佛一条被吊起的鱼。

医生没能握住注射器，它滑过地板滚到了杰克身旁，他立刻用拳头打碎了它。当医生匆匆准备第二支针剂时，杰克终于解开了自己左手腕上的绳子，紧接着便迅速解放了自己的双脚。

对方又一次靠了过来，杰克抓住病床将它扶起以盖过头顶，当作自己的盾牌。医生被脚步不稳的杰克逼退着撞到了冰柜的透明门上，冲击力让柜子里的瓶子簌簌作响。趁着对方还在喘气，杰克扔下病床，一拳砸上他的下巴，让他摔倒在地。

杰克转过身去，迎面碰上了两个去而复返的护理员。

这场架打得风驰电掣大快人心，杰克用两个利落的绝杀结束了一切。然而此时警报声已经停下，他明白这场调虎离山已经结束了。

他扶起了之前困住自己的病床，将一条床单扔到上面，它拖垂到地面，遮住了失去知觉的护理员。至于医生则被他藏在了冰柜后头。杰克从他们的屁股口袋里翻出了门卡，又考虑了一会儿要不要扒走一套护理员制服——然而他俩都比他矮，肩膀也比他窄。

杰克找到了一卷医用胶带，用它将自己三个俘虏的手腕通通反绑在了身后，还封住了他们的嘴。

他锁上手术室的门，又从圆形的小窗户往里看了看，确认看不到那三个人的身影，屋里也似乎空空如也。做完这些之后，他就急忙赶往他印象中曾传出尖叫的源头。他找到了另一间手术室，但门是锁上的。"它已经吞噬了自己的受害者"，这个念头让杰克不寒而栗，同时前所未有地感激那由于一阵警报响起而拯救了他的绝佳时机。

他知道自己的目的地在哪儿。哪怕被绑在病床上，他也记下了自己被推来时的路，为迅速逃离未雨绸缪。没过多久，他便沿路返回了之前自己经过的塑料门帘，进入了主楼。在两个护理员走过来的时候他藏了起来，听着他们喋喋不休讨论如今世道，讨论当今越来越多的人如何在幻想的诱惑前不堪一击。

他偷偷摸摸穿过一条铺着地毯的走廊，再转两个弯就能到达门口……然后他看到了罗丝。

两个护理员架着她的胳膊,还有两个站在她的身后,杰克看着他们把她押进了一个电梯。罗丝醒着,但没有挣扎。她表情空洞,走路的时候拖着自己的左腿……一阵可怖的恐慌顿时笼罩了杰克。

要是他们对她做了自己差点遭遇的事情怎么办?如果自己刚才听到的就是她的尖叫声呢?

不,他宽慰着自己——刚才听到的绝对是个男人的声音。况且刚才很有可能是罗丝触发了警报,那么他们就来不及……他们多半只是给她"打了一针",就像泰科说的那样。

电梯门关上了,杰克赶紧冲过去看楼层显示,想知道他们去了哪一层——电梯在主楼的四层停下了。

他四下张望寻找起楼梯来。

杰克等待着护理员从门口走开。最终,他们转身走向了电梯,杰克迅速退回楼梯井,一直等到他们离开。

随后,他一路冲刺到了罗丝被带进去的那间病房前。

他在读卡器上刷了刷医生的门卡——结果刷错了方向。一盏红灯闪了起来,伴随着由远及近的脚步声。有人就要到拐角了,而正站在走廊中间的杰克无处藏身。

他笨手笨脚地又刷了一次卡,压低声音咒骂着,后悔自己刚才没有不管三七二十一地挤进一套护理员制服。

门锁开了，他几乎是跌进了门里。当他关上身后的门时，罗丝抬眼看向他。她正躺在房间里的单人床上，双臂抱着自己。她双眼红肿，却在看到杰克的那一瞬间闪烁出了希望。

然而那星星点点的希望很快便消失了，取而代之的是困惑与怀疑。

"杰克？真的是你吗？告诉我真的是你。"她语调缓慢吐词不清，仿佛经历了莫大的困难才挤出这些话。

他竖起一根手指挡在双唇前，示意她保持安静，因为脚步声已经逼近门口了。他背靠着门蹲了下来，这样一来，当他头顶上那装了栏杆的小窗户打开时，他就不会被看到了。

他认出了卡尔·泰科的声音，即使对方没做自我介绍，"你的名字是？"

罗丝一言不发。她用胳膊肘撑起自己，重心压在了右边，双眼在房间里那巨大电视屏幕的光线刺激下不停眨巴。她起先看着泰科，随后——让杰克惊恐万分地——她直直地看了过来。

"你在跟谁说话呢？"

罗丝的视线回到了护士身上。

"就刚才，别对我撒谎。我在来的路上，在走廊里听到你跟人说话了。"

在一片短暂的沉默中，杰克屏住了呼吸。

"你知道这里没人,对吧?"泰科说道。只要他试一下,就会发现门没有上锁,然后杰克就完蛋了。倒不是怕打不过,但杰克绝对来不及在警报响起前就撂倒他,况且这个区域里到处都是护理员。

罗丝又看了看杰克,然后,她仿佛做出了一个让自己如释重负的决定,回答道:"是的是的,我知道。"然后她便缩回了床上。

泰科换了一种更加和善的语气,说道:"我知道这对你来说一定很不好受,药剂的作用不会持续太久,而且现在它已经开始失效,所以你又开始想象事物了。要是情况太严重的话,我们可以再给你打一针,但如果你能靠自己克服这些妄想,那就最好不过了。"

"这里没有别人。"罗丝昏昏欲睡地说。

"再等一个小时左右就会有看诊间空出来,"泰科说道,"我会派几个护理员来接你,然后我们就能谈一谈了,好吗?这样我就能帮你了。"

门上的小窗户关上了,泰科的脚步声渐渐远去。

杰克咬牙吐出一直憋着的气,气流挤过齿缝嘶嘶作响,"真是千钧一发啊。"

"走开。"罗丝说道,转过身去背对着他。

"罗丝?"

"你走,你不是真的!"

"嘿,嘿!"他穿过房间,把手搭在了罗丝肩上,她瑟缩了一下。"是我啊,是杰克上校。'不是真的'?你倒是跟那些我一路上打晕的家伙这么说呀。"

她努力对他视而不见。

"要不这样,如果我把你从这儿弄出去,你就相信我是如假包换的正品,如何?"他给罗丝看了那些偷来的门卡,让希望重新回到了她的眼睛里。杰克像打开一把扇子似的秀出了手里三张卡片,咧嘴笑了起来,"我正在收集它们。"

"我需要你告诉我一些事情,你听说过贾鸹费斯,对吧?"

"全能者贾鸹费斯?"

"对。"

"圣哈德罗贾斯克·玛克斯马罗登弗?"

罗丝已经笑了起来,"就是它。你是真的!哦,天哪,真的是你!"他们拥抱了对方,但罗丝却突然抽身,脸上的笑容也消失了,"博士……我刚才跟他在一起……"

"他也被抓住了吗?他也在这附近吗?"

罗丝摇摇头,"你不明白。他不是真的在这儿。当他们把针头扎进我身上的时候,他就……消失了……像幽灵一样……杰克,这到底是怎么了?"

他已经直起身来,正在屋里走来走去,眉头紧锁,拳头抵在嘴唇上。"你说得没错,我是不能理解。我不明白。"他转过身去看着罗丝,"如果我们也会受到影响……他们管那个叫作'发幻想疯',你就是想跟我说这个,是不是?你能看到并不存在的事物。"

"我想是的。"

"就像医生和警察们一直声称的那样。他们是对你做了什么吗,罗丝?是这样吗?"

"我不觉得……"

"它是从什么时候开始的?你是从什么时候开始看到那个冒牌博士的?是在你来到大白屋之后吗?"

罗丝冥思苦想,脸都皱成了一团,"我们分开了。我正在跑,而他就出现在了那里。我不知道他是怎么……我是说,在那之前他可能是真的。我猜,但是……不,不,我也不觉得在那之前他是真的。在出租车里的时候……无论他做什么都没有用,也没人能看到他。"她的声音因为自责而低沉,随后又补充道,"只有我能看到他!"

"我以为我们弄明白了。我以为这些人都被洗脑了,但是媒体,还有这些……"杰克冲着无声的电视摆了摆手,"他们需要这个。他们必须知道——必须亲眼看到——正在发生的事情,必须一直看着那些真实的事件,不然……不然……"

"他们就会开始幻想,"罗丝木然地说,"之前也是,就在今天早上，我看到了……我出现了幻觉。我真的觉得……我不知道，但我在想这是不是跟静电噪音台有关。我看了静电噪音台，杰克。"

"多米尼克说这个叫格莱登的家伙出现的时间不长——没有幻想禁令出现的年头久——但我觉得他可……"

他被电视吸引了注意。屏幕上播放的是被记者及其底下的字幕称作"幻想大骚乱"的现场直播。闹事者人数不多，也没有携带武器——不比正手持枪械和警棍攻击他们的警察。混乱很快就被镇压了下去，根据字幕来看，记者正在警告：所有选择相信哈尔·格莱登那扭曲不堪的幻想的人，都将是这个下场。

"我猜他们没有更多关于交通信号灯和停车位的故事可以讲了。"罗丝说。

杰克已经做出了决定，"他们在这里的所作所为，"他说道，"是错误的。我不在乎这里的人是不是真的生病了，是被幻想逼疯了还是怎么样——他们对你做的事，他们本想对我做的事，就是……就是错误的。"

"那就让我们来替天行道吧。"

他们彼此对视，忽然不约而同露出了笑容。

杰克再次掏出了那叠门卡，递了一张给罗丝，"你可以吗？"

"左腿还是有些僵，但就快恢复了。"

"你负责这一层楼，我负责上面那层。我会把剩下的这张卡给我遇到的第一个理智尚存的人,对方可以从第三层开始。这些警察觉得他们现在就算麻烦大了?那让咱们教教他们什么才叫真正的麻烦吧!"

14

它回来了。还是那只怪物,又出现在她的床脚。姬米对它那恶狠狠的猩红眼睛、黑洞洞的大嘴和下嘴唇上的那撮蓝毛再熟悉不过了。她已经尽可能退到了离它最远的地方,已经退到了枕头边缘,床靠着墙面的地方。她窸窸窣窣缩进了墙角,啜泣着,害怕怪物会把自己重新拽回那个地方。

随后它便扑了上来,于是她尖叫着惊醒了,从床上直直坐起。

她汗湿的身体阵阵发冷,心脏狂跳,忍不住想要哭泣。她已经很久没有做过这个梦了,但无论她告诉自己多少次她已经克服了它,无论她吞下多少药片,它还是阴魂不散,每次都如第一次般栩栩如生。在那个梦里,她不再是自信满满也受人尊敬的沃勒警督——这个她为自己建立起来的身份,而是又一次成了柔弱无助的小可怜姬米·沃勒。

博士。这都是他的错。他设法钻进了她的保护壳里,让那个藏在里头吓坏了的孩子再次暴露在光天化日之下了。

她只能试着不再去想。

正值傍晚时分，再过几个小时她就要回到岗位上了。自从加入了警方，她便是夜班，她记得一直如此。她比较喜欢这种安排。因为她喜欢看着阳光、听着交通喧嚣睡去，再醒来。在白天的时候，她可以听到街上的行人说话，也可以听到公寓楼里上下左右的邻居在家里走动，她便不会觉得那么寂寞。

在晚上的时候，要躲开那个梦则要难得多。

她照着从杂志上看来的食谱给自己简单做了些吃的，在公寓里四处踱步——这里是她按一个已获准的配色方案独自装潢好的。她忽视了卧室里怪物发出的呼哧声，因为她知道怪物不是真的。她还做了会儿清洁，就为了打发时间，让自己有些事做。

在夜晚，人们才更需要她。在夜晚，人们才会做噩梦。

大约五点半的时候报纸送到了，她对上面的消息大为吃惊。她不过才几个小时没在外面，世界却已经发生了天翻地覆的变化。

新闻八台的播报员甚至不知道应该先报道哪件意外才好。她语速匆促、双眼圆睁、目光发直，在沃勒看来，她已经在发幻想疯的边缘了。

现在已经发生了暴乱、抢劫、偷窃，甚至还有几桩谋杀。新闻播报员竭尽全力强调着这些骚乱都是个例，目前大部分街道仍然安全。但她不得不承认，如此大规模的犯罪爆发实在前所未有。

沃勒立马就知道谁应该为这一切负责了。

该死的斯蒂尔！他肯定已经竭尽全力，快到极限了——但为什么不通知她？就算法律规定两次轮班之间必须至少相隔八个小时，那又怎么样？

她皱了皱眉，把这个想法赶出了脑海。法律是实事求是的，违反法律无异于撒谎，那就仿佛在说法律是错的、法律不是为了保护每一个人而设立的。

然而……

她的黑色头盔歇在椅子背上盯着她，就像是一个陌生人面无表情的脸孔，就像是每次她戴上头盔之后成为的那个人。

在第Ⅸ-Ⅱ德尔塔一区，有一起实时抢劫案；在第Ⅳ-Ⅰ贝塔区，出现了一连串涂鸦；在第Ⅴ-Ⅶ伽马五区，有个反社会的家伙在往行人脸上糊蛋奶沙司，糊完就跑。

所有频道的新闻播报员众口一词，这都是哈尔·格莱登的错。

在一阵漫长的深思熟虑之后，沃勒缓缓地，几乎是神游一般在电视机前跪了下来。她翻开了墙上的隐藏面板，伸手调换频道。"知己知彼。"她想着。这也许很危险，但至少不会有假。

不出几秒钟她就找到了：静电噪音台。她认识哈尔·格莱登的脸，哪怕她之前从没见过他：深色眼睛、秃头、一道伤疤贯穿侧脸，一看就是个坏人。就跟她一直以来的想象一模一样。

他的咆哮犹如一把冰做的利刃直刺沃勒：

"终于！时机已到，我忠实的、被洗脑的信徒们。是时候站起来反抗权威了，是时候把整个世界拖入混沌了！忘了集体利益吧——现在该行使你们自己的权益了。是时候去追寻你们的梦想了，哪怕这意味着战争！"

她颤抖着猛地按下开关，害怕再多听一会儿自己也会再次被拽入疯狂之中。

在反应过来之前，她就已经跨过了房间，开始往身上套制服。她感受着黑色织网下微型动力机的重量。她先是检查了配枪里的能量盒，然后便摩挲着手腕上的视讯机，犹豫不决。

面无表情的头盔仿佛在嘲笑她，仿佛从最开始就知道她一定会让步。但视讯机正不停接收着这个区域里的警察发出的信息：

"……太多了……"

"……无法守住……"

"……外面一片混乱……"

"……需要紧急增援……"

她随即做出了决定。

沃勒在停车场找到了自己的警用摩托，戴上了头盔，再次成了那个人。她啪嗒一声把视讯机装回了仪表板，它几乎瞬间就亮了起来。

"沃勒，"斯蒂尔说着，他神色严峻，但一如既往令人心安，"我们需要你。"

"我知道。"她回答道。

斯蒂尔通过视频检视了一下，看到她已经整装待发，便微微点了点头，纵容了她的决定。"40街和1090街，"他以公事公办的语气说道，"有报告说，一群幻想狂徒正在光天化日之下参与角色扮演游戏。"

"那群渣滓！"

"你必须制止他们，沃勒。角色扮演离恶魔崇拜只有一步之遥。"

"别担心，斯蒂尔。包在我身上。"

她骑着轰鸣的机车上路了。

城市看上去跟平常没有两样，挤满了开着车子或拖着步子的人，他们正赶在回家或上班的路上。不过，今天的空气中弥漫着一丝异样的氛围，蛰伏在表象之下。沃勒想知道现在自己看到的人里面，有多少是静电噪音台的观众，有多少是哈尔·格莱登的信徒；他们中有多少人正暗藏幻想，在等着自己离开，在等着鼓起勇气将幻想付诸行动。

格莱登说对了一件事：她的世界已燃起了战火。

她正想着，佐证就出现了：发生了一场爆炸。她机车下的路面震颤着，一股浓烟直冲云霄。

这不是她的想象。其他人也听到了，也感受到了。他们跌作一团，惊恐不已。

拯救他们是她的职责。

沃勒掉转车头，机车嘎吱作响。那群胡作非为的角色扮演者被她抛诸脑后。

她朝着骚乱的源头疾驰而去。

当她到达的时候，消防队已经在现场了。他们悬停在反重力平台上，将泡沫喷进办公大楼被火舌舔舐的窗户。火势似乎吞没了三层楼，里面的上班族正跌跌撞撞地从大门往外逃，一边咳嗽一边语无伦次地叨叨，脸都被熏黑了。

路人也陷入了恐慌，尖叫着想要逃跑。沃勒并没有看到明显的嫌疑犯，她拦住了几个人，试着讯问他们，然而这就像是阿诺·芬奇事件的再现。他们目睹了一些超出经验范围的事物，一些他们完全没有准备好面对的事情，于是他们的思维便开始跳脱、开始想象了。

挫败感涌上沃勒心头，在反应过来之前她便已经朝天鸣枪，大喊："我是一名执法人员，你们必须回答我的问题！"她只是让事情雪上加霜罢了。

被困在一场癔症风暴的中心，姬米·沃勒感到了前所未有的无助。

然后,她的眼睛被超级市场侧边的信息屏点亮了,其他一切都变得不再重要。

屏幕上的图像相当无害,不过是大白屋外部的景象罢了。但字幕正在讲述一个可怖的故事:

"——由认知分离患者之家传来的报道,此刻这里正在经历一场暴乱。我们刚刚跟一位设法在混乱开始时逃出来的医生交谈过。他告诉我们,相当一部分患者都被放出了病房,正在大肆破坏。一位警方发言人向新闻八台保证事情已在掌控之中,没有猜测怀疑的必要。然而这只是一系列……"

她打了个激灵。大白屋,除了那儿还有什么地方,能让格莱登找到数量众多、误入歧途的人,让他们皈依他的邪恶追求呢?还有哪座建筑,能如此完美地代表他所痛恨的法律呢?还有哪个战场,能为他吸引他求之不得的大量关注呢?

其他一切都只是烟幕弹,大白屋才是决一胜负之处。

它在三个区之外——严格来说,在沃勒的管辖范围之外。

骑着摩托的话,她二十分钟左右就能到达。

她靠近大白屋时天色已经暗了下来,但众多新闻摄影团队带来的照明设备在它门口的街道上投下了一片光晕。路边到处停着警车,但还是没有她预计的多。很明显,格莱登的诡计得逞了,太多警察被他的追随者们拖在了别处。

现场似乎没人知道到底该怎么办。规定里并没有包含应该如何应对这种情况,因为对于它的撰写者来说,这种情况是绝无可能出现的。

现场爆发了几场激烈的争吵,每个人都在冲其他人大喊大叫。沃勒希望正在接收这些直播信号的电视台恪尽职守,不会将这些画面播放出去。现在,人们最不需要的,就是目睹他们的守护者、他们的权威人士们,像小孩儿一样争吵不休。

沃勒大步穿过这片制服的海洋,周身散发着威严,所过之处鸦雀无声。她找上了一个身量不高的精瘦警员——他正冲着自己跟前的一个男人咆哮,还用手指戳着对方的胸口来强调自己的观点。

"你!"她厉声道,"这里归谁管?"

他转过身来面对她,看到她肩章上的星星后,一个激灵挺身立正。"归您管,女士。据我估计,您是在场级别最高的警官。"

现在,每个人都安静了下来,看着沃勒,等着她发号施令。然而她也不知道该说些什么,因为她从来没有指挥过这种行动,也从来没有过这种行动。

不过,她曾梦想过这一刻的来临。那是充满罪恶感的、隐秘的梦想,没错,但就是在这些梦想当中,她勇敢地挺身面对了像现在这样重大的挑战。这是将哈尔·格莱登斩草除根永绝后患的机会。

她的视讯机嗡嗡作响,斯蒂尔的声音从手腕上传来:"我都听到了,沃勒,他是对的。你是现场级别最高的警员,你必须担起指挥现场的责任,你可以胜任。"

"我们为什么还没有进入现场?"她问道。

"门都被堵住了。"其中一个警员回答道。

"那就把它们砸开!"

"他劫持了人质,女士。"

"'他'?"

"就是幕后元凶,他管自个儿叫'杰克上校'。"

片刻之后,一个接一个的命令就由沃勒轻松脱口而出:再次审问从大白屋逃出的犯人,调出主要闹事者的档案,征用防暴装备,以及让她与这个"杰克上校"视讯通话。

一个球形摄像机被推到她的面前,于是,她对全世界的观众做了一段简短而宽慰的声明。

随后一名巡佐跑了过来,把一部可视电话塞进了她的手心,"我们联系上他了,女士。"

沃勒瞥了眼电话屏幕上的图像,漂亮脸蛋,她不无轻蔑地想。她又看了一眼,还是产生了同样的感受,不过这次更为柔和。

她眨了眨眼,定了定神,"好了,小子。"她低吼道,"别整什么幻想,只需要告诉我怎样结束这一切。"

杰克上校的回应同样疾言厉色:"我要求改变法律。这里面的大部分人什么事情都没做错。是的,他们之中有一些人生病了,需要治疗——但并不是这里提供的那种。而剩下的那些人都不用去管他们,任其自然就好,绝不应该仅仅因为他们读了本书、听了个好故事或违心称赞了别人,就被迫害至此。"

"你这是不可能的要求,"沃勒说道,"如果你没有发幻想疯的话,你就会知道这点。法律永远不会改变,永远。"

"是时候改变了。"杰克说道,"如果你不能做到,那就去找能做到的人。你知道我们手上有人质。"

"你是在威胁我吗?"

"我只是在陈述事实罢了,你不就想要这个吗?"

"哈尔·格莱登在里面吗?我要求跟哈尔·格莱登对话。"

"从没见过那个家伙。听着,我讨厌在电话里谈判,实在是太没隐私了。你想吃晚饭吗?这儿的厨房里有吃的——你带葡萄酒和蜡烛进来就行。哦,记得穿着制服进来,制服很性感!"

随后杰克上校抛了个媚眼,通讯就被掐断了,只留下沃勒心慌意乱不知该作何反应。

如果他要的是钱或一辆好车,她还能拖住他。然而眼下,就算她想,她也不知道……她也毫无头绪,该如何处理他提出的要求。

"让我来跟他谈。"

这个声音让一阵战栗顺着沃勒的脊椎窜了下去。她转过身，发现正如自己的预料一般，她迎上了一双锐利的蓝眼。那是一双可以穿透她的头盔，直直地看进她那孩童般灵魂的眼睛。

"让我来跟他谈。"博士又说了一遍。

"他挂掉了。"

"我知道。我是说我能进入这栋建筑。"

"没门儿，我不能保证你的安全。"

"他不会伤害我的。"

"他发了幻想疯。你不知道他能干出些什么事。"

"英雄情结罢了，他以为自己正拯救世界呢。我对这种类型了如指掌。再说他渴求大众关注，而我是给电视台干活的，记得吗？"

"我还不知道呢！"

一个沙金色头发、刘海软趴趴的小子打断了他们。沃勒之前都没注意到就站在博士身旁的他。

博士笑容僵硬，一只胳膊搂上了那个小伙子的肩膀，"新来的调查助手，还在培训中。那么，你意下如何呢？我能来报道这个世纪大新闻吗？《沃勒警督大获全胜，英勇夺回大白屋——现场内幕报道》，如何？"他放开了那个小子，靠近了沃勒，压低声音说道，"我能帮你，真的。我能带个视讯机进去，找个安静的角落给你打个电话，让你知道里面正在发生什么，看看究竟是什么情况,诸如此类。"

他的确让这个提议听起来非常诱人——尤其是在沃勒也没有更好主意的情况下。"所以我就这么放你进去?"她干巴巴地问道。

"没错。"

"你和你的……助手?"

博士匆匆瞥了一眼那个小子,好像已经忘了他还在这里,然后他耸耸肩说:"对,我想是的。"

"如果出了任何差错的话,如果他们杀了你……"

"那你也已经警告过我了。你相当坦诚,没人能怪罪你。"

沃勒看了看周围的警察,觉得他们的期许正沉甸甸地压在自己肩头。最终,她明白自己一定要做出决定:下达一个命令,或者失去他们的敬重。最终,她别无选择。

"你进去之后,"她严厉地说道,"要尽快拨打紧急报警电话,他们会把你转到我的视讯机上。"

"明白啦。"博士说道。

然后他就在通往大门的路上了,那个小子则紧紧跟在他的身后。

"等等!你不带摄像机进去吗?"

他犹豫了一下,转过身来拍了拍自己身上的几个口袋,就好像指望着能从里面找出来一个似的。随后,他快活地冲她喊道:"我会见机行事的!"

说完他便又上路了。

"记住,"沃勒在后面叫道,她想找回在他出现前自己曾经短暂拥有的感受:她真的掌握着一切的感受,"我等着你的电话!"

博士却并没有回答。

15

"情况?"博士大步走过大白屋一楼那镶着嵌板的走廊,四下空无一人。杰克上校与他并肩偕行,多米尼克则挣扎着跟上他俩的脚步。

"这栋建筑已由反抗军掌控,"杰克报告着,言简意赅,"除了关押在中心区域顶楼安保病房里的那些之外,我们已经释放了所有病人。我们大概有五百人,除开那些已经走火入魔到对我们毫无用处的、被药物放倒的、不想战斗的,还剩下大约二百二十人。"

"人质呢?"

"六十三个。护理员们已经习惯以数量压制病人们了,我们出其不意地拿下了他们。有些逃走了,剩下的被我们锁在了四楼的病房里。"

"防守呢?"

"我们让神智最清醒的人守着一楼的门和窗户,但要守住没那么容易。剩下的人都驻扎在三楼。想要上来只能靠电梯和两座楼梯。我们正竭尽所能,但是设备不够准备不足。说句实话,我们其实是在靠人质牵制警察。我们不会伤害他们,但对方不知道这一点。"

两个病人正分别守着两部电梯,让它们门洞大开地停在这里,以备不时之需。博士注意到剩下的两部电梯正以相同的状态锁定在三楼和四楼。

"计划是?"在电梯一路上升的时候,博士出声问道。

"啊,这就是我们还拿捏不准的地方了。我们的主要目标是收集情报,查出是谁或什么导致了反幻想法。我的猜想是,如果我们闹出足够大的动静,他们就会主动找上门来。"

"他们已经来了。"博士喃喃说道。

电梯叮的一声到达了目的地,门嘎吱作响地打开了,有两个穿着睡衣的病人正在站岗。博士认出了大卫·芬奇。大卫虚弱地对他笑了笑,又鼓起勇气,小心翼翼地问道:"我正在这么做,正在做你告诉我的事情,博士。我正在发挥真正的作用,是吧?"

他只有最后一个问题了,最重要的一个问题。

"罗丝呢?"

三楼的人忙得热火朝天。

有人站在床上封钉窗户;有人拆开家具当作武器;还有人跑

来跑去，兴奋不已，很有可能正做着自己身在除了这里以外的任何地方的白日梦。一个女人正泪眼婆娑，坚信这栋建筑是轰炸机的攻击目标。她被温柔地领进了一间病房，并被鼓励着躺下来稍作休息。

几间房间之外，罗丝在一片黑暗中蜷缩在床，房间里的电视屏幕被砸碎了。她笑着对博士说了声"嗨"，但双眼中并无笑意与问候。

他两步跨到她身前，向她保证他就是博士本人，而她现在已经安全了。

"这么说，你找到怪物了？"她问道，强迫自己的语气快活起来，但并不怎么成功。

"哦是的，"他伸出指头点了点她的太阳穴，"它们在这儿呢。"

罗丝脸红了，"这是什么意思？"

博士收回手指，指向了自己的脑袋，"它们也在这里。这个世界的空气里有种微生物，殖民者的设备不够灵敏，不足以探测到它们。再说了，在那之后，他们也已经很久都没有进行过检测了。"

"这就是说……什么？我们就这么把它们吸入身体了？"

博士咧嘴笑了，"没错。注意啦，接下来就是科学小课堂。这些微生物靠大气中的电活动为生。在人类前来，为它们提供更美味的食物之前，估计它们就一直在这里过得挺快活的。"

"你是说我们的……大脑？它们正在吞吃我们的脑子？"

"呃，也不是。它们只是在吸收由大脑释放的神经电化学信号罢了。很显然，成年人类右脑发出的信号最为美味，对它们来说就像糖一样，让它们上了瘾，于是就大举入侵，在这儿大搞批发啦。"他说着又点了点罗丝的太阳穴，"问题是，过于频繁的右脑活动——比如说做梦——会让它们吃不消。多余的脉冲被反馈回源头，于是形成了一个反馈回路。"他扭着手指头，徒劳地想比画着说明，"做梦的人发现他们的梦境一而再再而三地加强了，直到右脑将梦境当作现实并将信息传递给……"他把手掌扣到了一起，在半空中比出一个弧形，"左脑。"

"左脑。"罗丝重复道，仍旧不太跟得上。

"没错。逻辑、推理、语言，所有那些东西，还有记忆。"

"所以这就是他们为啥要……差不多可以说是冻住了我的半边脑子。"

"这样你就不能做梦了，没错。"

"我所有左半身的肌肉……"

"右脑控制着左半身。"

"但你能让情况好转，对吧？"

"一旦我们回到塔迪斯上，没错，我能把这些微生物都赶出你的系统。但在此之前……"

罗丝的脸又垮了下来。

"你可以战胜它!"博士说道,"如果这个世界的人们能学会和它们共存——好吧,至少大多数时间能——那么我知道你也可以。现在你知道怪物是什么了,罗丝。你可以战胜它们。"

"杰克有没有……有没有告诉你……"

"你试着闯进大白屋,因为你以为我告诉你要那么干?没,他没必要说。我读了你留在旅店的便条。"

罗丝避开了他的视线,说道:"你肯定觉得我是个笨蛋。"

"不是你的错。"

"可我看见幻觉了。"

"不是你的错。"

"那就像是……甚至在我已经知道……已经知道我出什么毛病了以后,嗯,我还是……我们放出了病人,护理员们不知道到底是什么攻击了他们。我以为病人们要把他们撕碎呢。到处都有人跑来跑去、放声尖叫或者撕打在一起,就好像是……我不知道有多少是真的,有多少是……"

"不是你的错。"

"博士……你知道吗?昨天晚上,在咖啡店……当我说你'疯了'的时候……"

"我知道。"他温柔地说道,"告诉我,我聪明吗?"

罗丝有些摸不着头脑,"嗯?"

"当'我'把你带到这里来的时候,我聪明吗?"

"你不是……我是说,'他'不是……"

"不是真的。我知道,没错。但'我'聪明不?那个版本的我,你脑袋里那个——是不是聪明绝顶、足智多谋、幽默风趣、英俊潇洒?"

终于,一抹微笑的影子——一个真正的微笑——浮现在罗丝的脸上,打破了她的难堪,"还有些骄傲自大,是不?"

"是你有些骄傲自大。"

"我不明白。"

"为自己欢欣鼓舞吧,罗丝·泰勒——因为所有那些聪明绝顶、足智多谋、幽默风趣,都是从你身上投射出来的。"

"那英俊潇洒呢?"

"那个嘛……"博士说道,谦虚地耸了耸肩。

于是,罗丝再次想起来如何开怀大笑了。

卡尔·泰科在博士进门的时候抬起了头,认出了博士之后他的眼里闪过一丝希望——直到他看见两个病人紧挨着博士警戒着,于是希望又被恐惧取代了。

他从床上翻了下来,一直后退直到背靠着墙,他双目大张。博士想知道他正面对着怎样的噩梦。

"卡尔·泰科,"他不自然地诡笑着说道,"给你带了点儿东西。"

"你……你要对我做什么?"泰科惊道,他颤抖着,终于憋出了一句话来。

"嗯?你不想要你自己的药吗?这是为了你好。在我看来你已经发了幻想疯啦,难道你不想好起来吗?"

"我只是在……只是在做自己的本职工作啊。只是在试着帮助别人。"

"没错,我和你一样,朋友。"博士从口袋里搜出一张揉成一团的纸,轻蔑地扔到泰科身上,"区别是,我可不会在帮助别人的时候,把人家的脑白质给切了。看看吧!这是一些关于你到底哪儿出了毛病的想法。剩下的就都看你了,除非你想让事情永远保持现状。"

"你是在要我……要我……"

"放手一搏大胆去做,没错。可吓人了,是不?"

博士说完就转身走了出去,没有回头看泰科是否捡起了那个纸团。

他还有好些事儿要干呢。

在三楼离电梯最远的一端,博士找到了一间办公室,就跟泰科早上领着他和沃勒去的那间相差无几——桌子、椅子、电脑、两面墙上的屏幕,没有窗户。房间已经被病人们占领了,不过博士很快就把他们轰了出去。

他在电脑前坐下，花了几秒钟熟悉操作系统，随后就连接上了以太网。不出几分钟，他就穿过几个后门，翻过三道防火墙，进入了一个几十年都无人访问的服务器。如他所愿，这个服务器从未被真正废除，它是一个属于旧政府的服务器。

"呃……博士？"

他注意到多米尼克的存在已经有一会儿了，不过一直在无视他罢了。他的双眼仍然盯着屏幕，手指在键盘上忙个不停。

"那些……那些微生物，你说过它们还会回来的。"

"没错，它们早就已经从你的鼻子、嘴巴和耳朵里游进去了。要不了多久，它们就能在你的大脑里聚集到足够的数量，让你再次开始看到幻觉。"

"但你也能再把它们赶出去，是吗？"

"之前可以。现在不行。"

"我……我明白了。"多米尼克说道，听上去有些失望，但他没有动身离开。

在一分钟左右的沉默之后，博士恼怒地放下了手头的工作，说道："你还有别的事对不？总有别的事。"

"我……我一直在一个病人的房间里看电视。"

"啊，这不挺好的嘛。"博士严厉地说道，"对你来说生活差不多已经回到日常正轨了吧，嗯？"

"我在找静电噪音台。我以为……你知道的,出了这么多事儿,我以为它还会……可我找不到它,博士。我在任何频道都找不到它。"

"哦,就这事儿吗?"博士说道,"它不存在。"

多米尼克的牙齿打起了磕,"你……你是说……"

"静电噪音台,哈尔·格莱登,全是幻想。还有别的问题吗?"

"怎么……"

他走进了房间,瘫坐在一把空余的椅子上。他看上去惊惶失措,这让博士意识到自己似乎有些唐突了。他道出了赤裸裸的事实,却没有考虑到它们可能造成的后果。多米尼克确实已经开始怀疑了,然而,博士的确仍打碎了他的希望。在这个殖民星球4378976德尔塔四号上,希望可不是什么容易得到的东西。

"我在旅店房间里看到的你,记得吗?"他说道,用上了更加温和的语气,"你说你在看'静电噪音',你其实说对了,自己还不知道。"

"那么这个革命,他所说的一切……全是谎言。其实不会有任何改变发生。"

"不,改变会发生的。格莱登也许不是真的,但他也差不了多少。他是一个都市传奇,每个人都相信他——在这颗星球上,这就足以把他变成真的,甚至连报纸和电视新闻都在谈论他。在我们过来的路上你也看到电视屏幕了,你们的革命已经开始了,无论有没有那挂牌领袖。"

"好极了!"

"不,"博士说道,"不是'好极了',离'好极了'差了十万八千里——因为这个世界并不需要革命。根本就没有需要被打倒的人。你们所做的不过是把自己搞得四分五裂。而且,相信我吧,这场雪崩已经开始了。很快就再也没人能够制止这一切了——如果我没能立马找到拯救这个世界的方法,要不了多久,这个世界就不会剩下多少东西让人来拯救了。"

多米尼克花了些时间来理解,而他最终能做的不过一声"哦"。

"镜头。"博士突然说道。很明显,只有这个词是不够的,于是他又解释道,"我需要一台摄像机。这附近到处都是,每间病房里都有,就在电视后头。也许走廊里的那些比较容易弄到手。找几个病人帮你吧,他们已经习惯对每个显露出哪怕一星半点权威的人言听计从了。"

博士回头工作了一会儿后,发现多米尼克还傻坐在房里——也许"显露出一星半点权威"对他来说也是强人所难。"去找杰克上校,"他叹了口气,"他会给你找几个帮手的。现在,赶紧去吧,有多快就多快!"

摄像机架在了用三把椅子临时拼凑成的三脚架上,镜头对准了桌子。它的内部结构散在外头,伸出的线缆连接着电脑。这个临时应急设备中间还搁着博士的音速起子,它正闪烁着蓝光。博士本人正在电脑、摄像机和音速起子间来回奔走,一边检查着连接,这里看看读数,那边做做调试;一边对他不知怎么集结起来的观众们解释着自己的计划。

"拯救这个世界的最佳办法,"他说道,"就是使用它最强大的武器。"

"是什么呢?"多米尼克问道。

"是媒体,对不对?"罗丝问道,"电视。"

"给你一颗星。"博士说道,他揽住她的肩膀,温柔而坚定地把她从自己面前移开,"这个星球有三十六个电视频道,但它们用同一个卫星来反射信号——就是我刚刚定位到的那个。这年头你能在网上找到的东西可真是令人惊讶。"

杰克皱起了眉头,"你是说同时侵入所有的频道吗?"

"事情只做一半可不成。"

罗丝对围观的病人们解释来龙去脉时笑了起来,"他是在《蝙蝠侠》里看到的,坏人们总是用这一招来向哥谭市提出他们的赎金要求。"

"这栋建筑的这一部分——这栋楼——是钢筋混凝土结构,"杰克沉思道,"你可以用它的框架来做天线。"

"没错。"

"但为了覆盖所有频率,你必须发送广谱信号。"

"没错。"

"音速起子有足够的能量做到这些吗?"

"没有。"

"没有?"多米尼克惶恐不安地重复道。

博士坐回电脑前的椅子上,又一次开始敲击键盘,"有个更好的主意。在这个世界还有政府的时候,他们设立了一个紧急频道——在诸如暴乱、战争、入侵、怪物等等的全球性危机出现时,可以覆盖其他所有信号。"

杰克无比钦佩地点了点头,"所以只要你破解了这个政府的紧急频道,我们需要的就只是一个窄频传输来激活覆盖了。"

"你能做到吗?"多米尼克问道。

"它被一系列密码保护起来了,"博士说道,"但我草草编写了一个能解决这个问题的小程序,差不多就……"在电脑发出叮的一声,屏幕亮起来显示出他需要的数据时,博士笑了起来。

"那么,你是要对这个世界讲话了。"罗丝说道,"你要说些什么?"

"他们需要的东西,"博士回答道,"一个英雄。"注意到罗丝脸上的嘲弄和她抬起的眉毛,他又说道,"不是说我,是哈尔·格莱登。这些人创造了他,因为他们需要这样一个人。至少我能为了他们让这个人成真——我是说让他有血有肉——让他们梦想成真。"

"我没明白,"罗丝说道,"你要……干什么?你要假装自己是格莱登吗?"

"并且让每个人都看到他,"杰克明白过来,"或者至少让他们都以为自己看到了他。你还没明白吗,罗丝?这样的话,当他们想着格莱登的时候,他们就不是在幻想了——他们会记起博士。"

"使用他们的左脑,而不是右脑。"罗丝试探着说道,回想着博士告诉过她的话,皱起了眉头。

"让某人不再做梦的最好办法,就是让他梦想成真,"博士说道,"这应该能让事态平息一段时间。只有一个问题。"

"一如既往。"罗丝快活地说道。

"沃勒警督对此可不会特别开心。"

"我们还有人质呢。"杰克指出。

"没错,但警察们的看法是:思想比任何实质性的威胁都要危险——而我们将会拼命散播思想。一旦我开始演讲——一旦他们看到我在干什么,他们会看到的,就在外面的信息屏上,他们会跟暴乱者们一起目睹——他们就会席卷而来。对此我无能为力,你们只能做好准备,你们所有人都要做好准备。"

"我们准备好了。"杰克说道。

"不,我们没有!"罗丝说道。

"我们马上就准备好了。"杰克更正道,"我们拦不住他们,但我们能给你争取……大概十来分钟吧。"

"应该够了。我需要一个摄像师。有志愿者吗?"

一个病人怯生生地举起了手。

"好的,"博士说道。他手掌一拍,深呼吸了一次,然后与周围的人一一对视了一番,"那么,"他柔声说道,"我想现在是时候派人守住关卡了!"

16

　　一张床垫挡住了这间空房里镶了铁栏杆的窗户，后头还抵着一张床和一只抽屉柜。

　　罗丝在它的边上掀开了一道小缝，小心翼翼地朝大白屋院里的混凝土地面那头张望。在这里，她能看到围墙外面的马路上挤满了一片黑压压的制服警察。越来越多的警用摩托正在赶过来——她正看着，一辆黑色的卡车就在她视野边角停了下来，警察们开始从车的后门往下卸武器装备。

　　她痛恨这种时刻：计划已经敲定，风险也已阐明，但还没有任何事真正发生。而这次，一切都更加难以忍受，因为她知道自己不能去考虑可能会发生的事情。

　　当然，这一点对所有人来说都是一样的，她能感受到他们的期盼和恐惧，像具有实体一般。手里桌子腿的重量给了她些许安慰。

　　只要她别去想警察们会带什么武器来。

　　博士从来不会自诩能从任何情况中拯救她，罗丝也并不想要他这么做。

就好像在他问谁愿意做摄像师时她没看出他的言外之意似的,她看到他的眼神扫过自己了。到现在他肯定知道了,她不会接受他的提议,接受他让她远离前线的方式。尽管他还是会做出提议。

她看了看墙上的电视屏幕。它正在播放着火灾、暴乱,还有抢劫。人们正朝警察甚至摄像机扔混凝土块。罗丝很难相信她看到的正是自己几小时前走过的那条街,这一切都以迅雷不及掩耳之势变得一发不可收拾,令人难以置信。

有一个主要频道显然已经因为演播室遭到入侵而被掐断了信号。一位警方发言人正在力劝民众保持冷静,留在家里——直到他忽然崩溃大哭,向世界承认自己无能为力,承认他们的警力杯水车薪,承认真相跟他先前所说的不一样,大家都要死了。

节目编辑立马将画面切回了新闻播报员,目瞪口呆的她正不停地摆弄着手上的平板,力图找些话说。

她没有烦恼太久——画面突然闪烁了一下,消失了。在一阵短暂的静电噪音之后,一幅新的画面晃动着出现在了屏幕上。

一开始,博士并没在焦点上,只能看到他脖子以下的部分。他冲上前来,直到那件深蓝色的衣服占据了整个屏幕。他似乎跟镜头后的病人吵了起来,罗丝调高了音量,开始听到不甚清晰的声音。一根模糊不清的手指头扫过镜头,然后博士的脸便出现在视野里，难以置信的巨大，他鼻孔张开，就跟两个洞穴似的。他眨了眨眼，咧嘴笑了笑，随后就退了回去，在桌子前坐好了——现在构图终于完美了。

"啊，嗯，嗨。"他这么说着，随后又笑了笑，有些尴尬。

上吧，博士，罗丝想，加油啊！

"你正在收看静电噪音台，"博士说道，玩儿着自己的手指头，"正向全频道广播，播报时间为……能有多久是多久吧。我想你们应该都认识我，尽管我的样子可能和你们脑海中的想象有所出入。"

罗丝又一次向窗外看去。从这里她能看到一块信息屏，街道末端还有另一个，但只露出了一小块边角，它们都播放着博士的画面。他说的话甚至还给配上了字幕，大概是自动的吧。

紧接着，警察们的举止改变了——罗丝倒是一点儿都不吃惊。在此之前，他们中的大多数人只是漫无目的地走来跑去，但现在他们开始有目标地行动了起来。其中一些回到了他们的摩托车旁，另一些则……

大多数人朝着大门猛冲而来。

"他们来了！"罗丝大声喊道，从屋里跑上了走廊，还小心翼翼地锁上了身后的门，"警察来了！"

同样的警告从其他六个房间里传了出来，引发了一路延伸到楼上的焦虑不安的小声交谈。

一个年长的女人扔下了一直攥在手里的厨刀,双膝跪地,开始歇斯底里地又哭又笑。"你们这下完蛋了,你们这群幻想狂徒!"她号啕着说道,"你们就一头撞向现实的猛击吧,就等着被重新抓回手术室吧,就等着吧!"

随后,在一片嘈杂中,罗丝勉强分辨出了博士的声音,他在说:"我是哈尔·格莱登,我有些重要的事情想跟你们说。"

叫喊是从一楼开始的。

听到那些声音,罗丝的五脏六腑都绞紧了。一楼只有为数不多的几个人,他们的职责是尽可能久地守住大门,若是失守,就撤退到楼梯那里。在最理想的情况下,他们能撑上几秒钟——即使如此,每一秒仍弥足珍贵。

他们只有几个人,而杰克上校是其中之一。罗丝和其余驻守在三楼的人们正在往电梯前的空地上挤,情绪更加激动的人则举着临时拼凑的武器涌上了楼梯。他们侧耳倾听着,等待着,那一片静默浓厚到几乎让罗丝难以呼吸。

多米尼克在她身旁。他是从人群里钻过来的,还想让自己的出现看上去像是一个巧合。她对他笑了笑,他则虚弱地回以一笑,竭力想要鼓起勇气。

罗丝设想着杰克身处楼下胶着战场中的画面,他在发号施令的同时还讲着笑话、做着暗示,以保持大家的士气。她几乎确信，杰克此时已经无愧于他给自己授予的头衔。

敌人永远胜不过杰克的，她对他充满信心。

但万一出了什么差错呢？

"我搞砸了。"博士还在继续讲话，听上去更加自信了，他已经逐渐进入了自己的角色，"一直以来，我都告诉你们幻想是有益的，对此我坚信不疑。但我弄错了一件事，一直以来我只是治标不治本。"

四部电梯中有两部升了起来，隆隆作响地经过了罗丝所在的楼层，一路上了五楼：这是一个障眼法，让警察们以为博士正在五楼。

她听到楼梯上传来了脚步声。如果一切都在照计划推进，现在杰克和其他人应该已经在过来的路上了。

电梯突然停下了，全部都停在了四楼和五楼之间。不过，杰克也早就预料到了这一点，他知道警察们会有最高权限超控装置，便提前制定好了应对措施。

在两层楼以下的楼梯上爆发了打斗，罗丝能听到靴子踏在地上的声响，还能听到枪声和叫喊声。警察们一定已经撞上了一楼的守卫者：他们的人数比驻守在这里的稍少，但他们所扮演的角色同样重要。

博士将这整栋建筑当作了自己的天线，因此想精确定位到他到底在哪个房间几乎不可能，而警察们一定会竭尽所能地想要找到他。杰克推测他们多半会分散开来，同时搜查每一层楼。他们在一楼、二楼和五楼拖得越久，就越能给博士争取更多时间。

四楼留给了人质以及不能或不愿战斗的病人，他们会在警察出现的第一时间投降。

电梯降了下来，又一次经过了三楼。罗丝紧张地吞咽着，如果警察控制了它们……

但这时，随着剧烈的震动和可怕的嘎吱声，电梯停住了。驻守顶楼的病人遵照他们的命令，卡住了齿轮。

然而，战斗仍在逐步逼近。

听起来警察们已经到了二楼——来得太快了。这意味着他们已经突破了一楼病人的防线，正在搜查房间，缩小主要目标的所在范围。

"没有大打出手的必要，这是毫无意义的。这不是我想要的。我想要你们去畅想建设，而不是四下为祸。"

杰克从楼梯井里冲了出来，让罗丝的心跳漏了一拍。他的脸颊因兴奋而发红，太阳穴上有一小块擦伤，灰色连体衣的一只袖子也给撕开了口子。

"好了，"他喊道，"我们大概是失守啦，祝各位好运了！"

接下来，就再没有时间用来担心了。

那场面看上去就像一堵坚实的黑墙往罗丝的方向压了过来。

警察们冲上了楼梯,由一片蓝色爆破焰为他们开路。反抗军阻拦着他们,攻击着他们,但他们的头盔和带衬垫的盔甲吸收了大部分冲击,他们几乎没有放慢脚步。

几个警察倒下了,但他们的同僚却毫不在意,只是像踏过倒下的敌人一般踏过他们,脑子里只有那个唯一的目的。

罗丝已经拼尽了全力,但她周围的人都毫无经验:其中一半的人都惊慌失措,有些还试着退开逃跑。她被推来搡去,只能努力寻找可以挥动武器的空间。一颗蓝色的能量球从她的臀部擦过去,直接击中了她身后的一个年轻人的腹部,放倒了他。

杰克冲进了她前方的混战中,到了楼梯远处的某个地方。罗丝觉得他一定是跑过了头,因为自己已经看不到他了。

然后一个警察冲她而来,一只戴着手套的手扣住了她的脸,想要把她推倒。罗丝靠上了自己身后那两个人,尽全力蹬了那个警察的肚子一脚。他被踢得够呛,气喘吁吁、直不起腰——罗丝紧接着抡起手里的桌子腿狠狠地敲了下去。他的头盔被敲得咚的一声,那冲击力让罗丝双手的骨头都跟着颤动了起来。他几乎就给放倒了,但被身后的两个同僚给扶住了。罗丝跟他缠斗着,试着从他手里把枪掰下来,但他拼尽全力握住了。不过,纠缠在一起的他们颇有成效地堵住了楼梯井——直到警察灵机一动,推了罗丝一个趔趄。

总共给博士争取到了:大概十秒钟。

"罗丝!罗丝!"

有人正大喊着她的名字。罗丝这才意识到自己几乎已经退回到了三楼的入口处。她努力挤到多米尼克跟前,顺着他颤抖着的手指引导的方向看了过去。

她已经回到了电梯跟前,从这儿开始,白色的走廊分出三个方向:一条笔直向前,通往一个T型交叉口;剩下的两条分别通往左边和右边,在拐角处分别有一扇窗户。当然了,窗户都已经被他们尽可能地密封住了。但左侧的障碍物却颤抖起来,开始崩坏。罗丝能看到窗户后面的影子,能听到——尽管楼梯里还喧闹不已——空气喷射器的轰鸣声。

她冲向那扇窗户,想要撑住还挡在窗前的最后那张床。

可已经来不及了。

一道白光照上了她的双眼。当她终于能看清后,发现一名警察正从窗户爬进来,越过了碎玻璃,推开了抽屉柜和其他挡道的东西。

他身后还跟着另一个警察,站在飞行器上准备进来。

在他们身后,第三个警察正骑在摩托上,它马力全开地悬停在空中,警灯大开。

罗丝冲向了第一个入侵者,挥舞着手中的桌子腿,大叫着让多米尼克来帮忙。她设法在警察完全进来前赶到——他还跨坐在窗沿上呢。她竭力想把他推出去,尽量不去思考他制服里的衬垫能不能保证他从三楼摔下去后还活着。他的同伴会接住他的,对吧?

她还试着去抢他的枪。然而,就跟他在楼梯上的同伴一样,他也非常强壮——更别提杰克之前还告诉过她,他们制服里面有微型动力机。即便如此,她也差一点就成功了,直到她发现窗外站在飞行器上的那个警察已经掏出了自己的枪,正在瞄准……

她弓身躲避,用坐在窗沿上的那个警察作为肉盾。

然后她发现那把枪看上去不太一样:它更大,而且是银色的。

紧接着,有什么东西从罗丝头顶呼啸而过,咚的一声落在了她身后的走廊上。

那是某种毒气弹:它正向外喷发着烟雾,绿色的、稀薄的烟雾。

罗丝的第一反应是抓住它扔出去,但她的对手抓住她的胳膊把她拽开了,远离了它。她的双手胡乱挥向他的脖子,抓住了搭扣之类的东西……没时间思考了,她直接按了一把,将警察的头盔从他脑袋上拽了下来。他松开手想要拦住罗丝,然而还是慢了一步,罗丝已经跌跌撞撞地逃到他够不着的地方去了。

她感到喉咙里仿佛有什么东西正在抓挠,眼睛里也蓄起了泪水——一定是被毒气闹的。罗丝一把戴上头盔,透过面罩她能把外面的东西看个一清二楚,但它本身从外面看来却是不透明的;而且她又能呼吸了,那空气虽然有些浑浊但没被污染。

那个警察终于从窗户上下来了，他追着罗丝跑了过来。罗丝现在能看清他的脸了，尽管身后的探照灯让他陷入了背光的阴影当中。那是一张出奇年轻的面庞，苍白，还长着青春痘，却因为对她的恨意而扭曲变形。毒气正侵袭着这个失去面具的人，让他气喘吁吁呼哧咳嗽。他的眼泪滑下了脸颊，但他仍然靠制服中的微型动力机将罗丝逼得跪倒在地，对她举起了拳头。

忽然，多米尼克凭空出现，他冲出了绿色迷雾，声嘶力竭地尖叫着朝警察扑了过来，拳打脚踢。那张罗丝堪堪瞥见的脸上，乌七八糟满是泪水，两只眼睛都紧紧地闭了起来。

多米尼克和警察都倒了下去，谁都没有重新站起来。

倒下的并不只有他们。

病人们四下逃窜，绝望地想要逃离这些毒气，但太多的人还是倒下了——就在罗丝徒劳地看着时，前方窗户上的封护物也被突破了，又一枚毒气弹被扔了进来。

第一波警察已经从楼梯井上来了，他们正在跟已被削弱的反抗军搏斗着。有些已经穿过了防线，开始打开病房门上的小窗，搜索着博士的身影。

当罗丝终于听到自己身后的空气喷射器轰鸣时，已经太迟了。

她飞快地转过身去，看到一辆警用摩托加足马力向自己冲了过来，骑手弓下身子想从破掉的窗户里钻进来，但还是被窗框狠狠挂住了肩膀。

罗丝的第一反应是贴紧墙面站好,第二是想到了身后混战中的人们——包括病人和警察——于是当警车加速与她擦身而过时,她一把抓住车上的骑手,被带着飞了起来。

她胡乱踢蹬的脚勾上了车座,找到了支撑,但她也只有一秒钟而已。人们看向他们,开始四散逃开,却不断撞上彼此。这家伙到底在想什么?

她知道这个问题的答案:就算是警察,也是有可能发幻想疯的。

她从警察身后伸过双臂,捉住了他的手,紧紧捏住,一心盼着这玩意儿的刹车在车把上。

摩托车突然停住了,向右一转栽了下去,把罗丝甩了出去。着陆的冲击比她想象的要轻柔,她本以为自己会被远远扔出去,但不知怎的身上的动量被减弱了。即便如此,她也在千钧一发之际滚到了一旁,堪堪躲开了砸到自己刚刚空出来的那块地板上的摩托车与那名骑手。

那个警察被自己的车钉在了地上,冲着罗丝污言秽语地嚷嚷着。而她只是赶紧爬着站了起来,感觉头晕目眩,摇摇晃晃。

她又回到了电梯前,几乎是唯一一个还站着的反抗者了。病人们要么人事不省,要么逃之夭夭,警察们则有条不紊地沿主走廊前进,继续搜查着,眼看着就快到头了。她该怎么办?她没法独自跟他们搏斗。

突然,一部电梯的门猛地打开了,罗丝心头一紧……

然后她就看着杰克上校的身影笑了起来:他正双腿缠在电缆上挂在半空,一只手绕过电缆将一张手帕盖在自己的口鼻处,另一只手举着一把枪——罗丝相信他一定能设法搞到一把。很明显,他刚刚就是用它击中了电梯门的电路,它现在还冒着烟呢。

她以为他在这片绿色毒雾中是认不出戴着头盔的自己的,不过她穿的衣服显然是个巨大的线索。

"我猜,事情不太顺?"杰克快活地说道,他轻松地从电梯里跳了出来,"有多久了?"

罗丝看了看手表,心沉了下去,"大概七分钟。"

"好嘞,"杰克已经跑了起来,"让我们试试看能不能至少拖到八分钟吧。"

他们上了右侧的走廊,因为那边相对来说比较空旷。但警察选了更便捷的道路,而且已经开始破坏临时演播室的大门了。罗丝能听到博士的声音从远处传来,他还在继续讲话,仍然镇定自若。他们就快要到了,但警察们也迎了上来——而且人多势众。

她毫不畏惧,坚定不移。他们告诉过博士能给他十分钟,他就能得到十分钟。

杰克比她领先四步,往警察的方向扫射出一片弹火,然后便冲了过去。他打得精彩极了——轻而易举以一敌四，或许更多——但敌人实在是太多了。

门终于被砸碎了。

罗丝眼里看到的只有破开的门，心里想着的只有博士。在那一瞬间，没有任何其他事情比赶到门前更重要。

而她设法做到了，一路从警察堆里挤了过去，做好了被他们揪住衣领的准备——然而他们讶于她的速度与敏捷，又忙于应付杰克，并没有抓住她。

于是，她就这么冲进了那间小小的办公室，里头有一个肩章带星、制服略大于体型的女警正举枪对着博士，他已经停下讲话，举起了双手。

"我信任你，"女警咆哮道，"结果你一直以来就是他。你欺骗了我！"

罗丝跳起来扑上她的肩……

她却被对方几乎轻松地一耸给甩开了。罗丝跌坐在地上，在站起前就被另外两名警察扭住了胳膊。更多的警察还在不停地涌入这个房间，更多的枪对准了博士的脑袋。他那不幸的志愿者吓得目瞪口呆，从摄像机前被扯开了。

"关掉它！"肩章上带星的警察命令道。

"为什么？"博士反问道。

"因为我们全都听够你的鬼扯了！"

"但你现在就在这里——沃勒警督的大营救!整个世界都看着你,这是你拨乱反正、让一切重回正轨的大好机会。"

沃勒犹豫了,示意那个拿起摄像机的警察暂时别动,她正在考虑。

"你能成为那个告诉他们真相的人,"博士说道,"所有的真相,只讲真相。"

然后他微笑了起来,那笑容越过一众警察,向罗丝投去。

17

多米尼克今天过得相当美好。他的阅读小组里有个朋友的朋友想要创立一家出版社,对方对小说感兴趣,甚至对漫画说不定也会有些兴趣,他已经同意看看多米尼克的作品了。

他已经拿下了四个电话订单,其中有个姑娘,他希望能和她有进一步发展。他告诉她自家公司的窗户专防僵尸,而她则戏谑地叫他"大骗子"。

"这么明显吗,嗯?"他说道,"我还是个新手,你瞧——还缺乏练习呢。"

"嗯,他们现在又说谎言对人际关系有益了。"她又说道。

在多米尼克被自己的白日梦冲昏头脑的时候,他脱口问出她愿不愿意跟自己见面,以便同对方练习说谎——她欣然答应了。

不过,不是在今晚。今晚是个特殊的时刻。

多米尼克提前一小时就打开了电视,正在不断换台打发时间。

"……大赛即将在体育九台开播,所有不想猜测比分的人注意了,最后是二比一到……"

"……在第Ⅱ-Ⅲ斐区得到了一个离得更近的停车位……"

"……观众们将会决定托德或露西——我们最终的两位参赛者，他们马上就会出现在我身后的这扇门里——谁能把《收视率》大奖带回家：在关于他们自己的写实剧里担任主角！"

好吧，所以改变也不是一夜之间就能完成的。

但从今晚开始，一台就要播放一档全新的节目了：一部戏剧，有剧本、演员和所有东西的那种。而且它的制作者还保证，将会给观众展示超乎本世界之外的事物。

在节目开播之前就已经有人在抱怨了，他们说，这对于他们新近找到的宗教信仰来说，实在太可怕、太暴力，或者太无礼了。但他们还是会收看。

每个人今晚都会看的——因为这是一件在两个月前他们还无法想象的事。一件与众不同的事。

新闻八台，他们又在重放博士和沃勒警督的对峙。多米尼克第一次时错过了它，不过在过去的两个月里，他也反复看得够多了。

"现在唯一需要声明的真相，"沃勒咆哮道，"就是你发幻想疯了，是我见过的最疯的一个！人们只消看着你，格莱登。他们只消看看外面都发生了些什么！"

博士摇了摇头，"这些根本不是我造成的。也许我是添了把火,但是……"

"这都是你的错,你和你的静电噪音台!媒体的作用是传播信息,是教育。媒体告诉我们什么是真的,什么可以相信。但你玷污了它,你用它来散播不同的观点,散播暴力和恐惧!"

"你的人民想要改变。"博士说道。

"是啊,"罗丝·泰勒的声音忽然从画面之外传了过来,"而且如果你真的听了博士说的话,你就会知道……"

"我正在呼吁人们停止暴力,有更好的办法的。"

"哦对呀,我们可不都心知肚明吗?"沃勒厌恶地怒骂道,"就让你上吧,你会让所有人随心所欲地做梦。"

"我们都需要做梦,沃勒警督,"博士说道,"甚至包括你。"

沃勒坚定地摇了摇头,说道:"我对自己的真实生活非常满意,多谢了。我们都见过以你的方式带来的结局。每个人都想要不同的东西,为了他们自己的梦想奋斗不休。"

"恐怕这就是你们要付出的代价,能够自由希望,能够随意想象更美好的事物并让它们成真——这个代价是值得的,相信我。"

沃勒干笑一声,说道:"你是在让我相信你吗?"

"没错,你非常在意事实,对吗?"

"它就是唯一。"

"那么,你的上级对此怎么看?来嘛,沃勒警督,为什么不跟他们谈谈呢?看看他们怎么想。"

"没这个必要,我熟知法律。"

"而法律永不改变。"

"没错。"

"那么就证明它。跟他们谈谈,向全世界揭穿我是个骗子的事实。"

接下来就是多米尼克最喜欢的部分了。一阵犹豫之后,沃勒抬起了自己的手腕,对着视讯机说了几句。她问一个叫斯蒂尔的人他是否听到了,并且请求对方指示。她点点头咕哝了几句,就好像在听某个人说话,然后她谢过了那个看不见的人,大获全胜地面向博士。

"你看到了吗,格莱登?你看到谁才是骗子了吗?"

紧接着,摄像机镜头拉近了——她的视讯机已经坏了,上面什么也没有,不过是块破损的屏幕挂在一团烧坏的电路上的残余废物。

"是啊,"博士平静地说,"我想我们都看到了。"

其他警察大惊失色,不知道该相信谁。他们骚动着,有些人已经把枪对准了沃勒。

"当然,我不知道完整的故事,"博士说道,"我不知道你是从哪里弄来的制服和警车,但当你足够渴求某样事物的时候,你总是能找到办法的。更别说，谁又会质疑你呢？谁敢指控一个警官撒谎呢？顺便问一句，这件制服的肩章上是本来就带星吗？还是说这是你自己做的，给自己升了个衔？那个视讯机呢？它一开始就是坏的，还是你自己弄坏的，这样你就能只听自己想听的声音？"他的视线转移到了沃勒的同僚们身上，"还有任何人听说过这个'斯蒂尔'吗？没有人吗？我猜啊——如果沃勒'警督'能侥幸无恙这么久，那外面还有多少个冒牌货？这个房间里又有多少个？"

沃勒已经扔下了她的枪。她看起来就像被榨干了生命力，正有气无力地嘟囔着什么。音效师们努力破译出她的话，以便配上字幕。她在说："我不是故意……我只是在试着纠正错误，打击怪物……"

但博士没有就此打住，"真讽刺，对吧，'警督'？你花了这么多的时间来否定其他人的梦，与此同时你却一直活在自己的梦里！"

这个时候，警察们已经理清了思路，指挥权也不经讨论地传给了一名矮小敦实、戴着警司臂章的男人。在他的指挥下，警察们上前抓住了博士、罗丝和沃勒。他们都没有反抗。

一只戴着黑手套的手盖住了摄像机镜头，挡住了画面——不出一会儿，信号掐断了。

不过，当然，一切木已成舟。

过去的两个月好到难以置信。

博士的演讲让街头巷尾的紧张气氛平息了下来。不少暴乱者直接乖乖地停了手,回到家里开始思考他所说的一切。警察也因此有了足够的力量对付剩下的那些人。

当天晚些时候,卡尔·泰科出现在了新闻八台,焦虑地谈论着以脑电波为食的微生物。当然,他立马被逮捕了。但一群医生仔细研究了他的说法之后,全都得出了他说的是实话的结论。多米尼克自己也被翻来覆去地检查了好多次。

几天之内,一种血清就给合成了出来。医生们说它将会轻微改变人类脑液的成分,让那些盗梦贼难以下咽。然而一个小时之后就被曝出,这种血清不过是被染色的水罢了,医生们想象出了它的功效。但研发工作一直继续了下去,两个星期后真正的解药开始四处发放。

申请人数非常庞大——尽管还是有些人对此敬而远之,他们仍然害怕随心所欲地想象事物。或者正相反也说不定,他们害怕发现事实真相。他们中的大多数人后来还是由新闻媒体上的接种动员改变了主意。

大白屋还没有被关闭,但里面的大多数病床已经空了。多米尼克、罗丝·泰勒和杰克上校都在第一批获释人员当中。姬米·沃勒则在最后一批。

她的获释在上个星期的新闻里独占鳌头。警察局长，在一篇报纸访谈里，说并不会就盗取警用装备对沃勒提起控告——实际上，他非常欢迎沃勒真的加入警方，如果她愿意申请的话。很显然，在那段幻想的职业生涯中，她逮捕的人几乎比其他警官都要多。

警察们仍在努力探讨到底该拿哈尔·格莱登怎么办——还在考虑到底是该把他当作英雄还是罪犯——而决定权却不在他们手中。某天晚上他从上锁的牢房里凭空消失了，自此再也没人见过他。只有多米尼克知道他去了哪儿，但他绝对不会说出去的。

一场选举活动也正进行得如火如荼，数以百计的候选人全都保证，若有朝一日当选，便会将美梦实现成真。

终于，在不带幻觉和偏见地层层过滤各种证据之后，这个世界的本名也被一群历史学家公布了。殖民星球4378976德尔塔四号，到头来，曾用名为大阿卡尼斯星。

每个人都觉得，这个名字有些无趣。

他匆忙穿过了丛林，这次不再在乎那些零星划伤了。他不时以为自己前面有什么声音，但他总觉得那是自己幻想的产物，便对它们不加理会。他都没意识到，它们是真的。

多米尼克找到蓝盒子的时候，正赶上它的大门收尾一般砰地关上，他跑上前去却不知该做些什么。叫叫人？还是敲敲门？

如果有人应门了,那他又该说些什么呢?

他绕着盒子兜兜转转,盯着它瞧,为自己的犹豫不决而痛苦不已。

走完了一圈,他被突然出现在自己眼前的罗丝吓了一跳。

"嗨。"

"呃,嗨。"多米尼克结结巴巴地说道,"我只是……我没想……我觉得……"

"我明白,不好意思我们就这么溜了。博士不怎么喜欢道别。"多米尼克还是不发一语,所以罗丝就接着说了下去,"我觉得是因为那些敬慕之情——它们令他有些害臊。"

杰克上校从门后探出了脑袋,说道:"要让我说,他这是错过了精华。要不是为了这些爱慕之情,我们干吗那么拼命。走吗,罗丝?"

"好啦,这就去。"

杰克看了看多米尼克,说道:"听着,哥们儿。博士说你们应该试着重新跟其他人类世界建立联系,让他们把所有的幻想作品都给你们一份。他说你们有太多可以期待的东西了:希区柯克啦,普鲁斯特啦,布莱顿啦,还有《淘气阿丹》[1]。"说罢他又消失在了门后面。

---

[1] 1993年美国上映的一部儿童喜剧片,根据一部著名漫画及相关电视剧改编而成。

"对,是真的,"罗丝笑了,"他就这么说的,《淘气阿丹》。"

多米尼克咽了咽口水,问道:"我……我们还会再见到你们吗?"

"我觉得多半是不会了。"她充满惋惜地说,转身回到蓝盒子那里,然后她停下了,又补充了一句,"嗯,或许在你梦里还是可以的。"

随后她蹦上前来,飞快地亲了亲多米尼克的脸颊,对他眨眨眼,笑了笑,便不见了。

在她身后,门又一次关上了。多米尼克被一阵刺耳又粗嘎的某种外星引擎声吓了一跳。

然后他又一次兴奋不已地目睹了一件难以置信的事。

新节目在七点准时播出了:是个关于哈尔·格莱登的故事,毫无疑问,讲的是他乘着自己的太空飞船前往别的世界,教会那里的人们如何做梦的故事——它践行了之前的所有承诺。

多米尼克·艾伦仿佛被粘在了电视屏幕前,直到第一集结束前差点儿都不敢眨眼。他几乎能感觉到,各种新的创意已在自己大脑中膨胀开来又彼此交合了。

那个晚上,破天荒的,他——和其他很多人一样——是开开心心地上床睡觉的。

还梦到了床脚的怪物。

致　　谢

　　首先，我要感谢尼尔·哈丁给我讲了一位雇主的轶事：他认为参与角色扮演游戏是"脱离现实"的。按照典型的《神秘博士》风格，我将这个故事夸大，以成为本书的基础；还要感谢尼尔一如既往的技术支持。其次，我要感谢《神秘博士》制片方的海伦·雷诺给予我的信任，给我看了一些属于最高机密的剧本，让我能够更了解这个叫杰克上校的家伙！

　　当然啦，没有我的编辑贾斯廷·理查兹，这本书是无法以当前面貌问世的。实际上，我想要抓住这个机会，感谢过去十三年来，所有让我能在博士的宇宙中尽情翱翔的人们——尤其要大大感谢彼得·达维尔-伊万斯，在多年之前冒险挑上了我这个初出茅庐的作家。